1719년 통신사의 여정

이 지도는 역자가 『해유록』을 참조해서 작성한 것이다.

——— 육로 ----- 해로

1719년 4월 11일 출발
1720년 1월 24일 귀경

한양
죽산
문경
고령
부산

1719년 6월 20일 일본으로 출항
1720년 1월 6일 부산 도착(귀국길)

사스나
쓰시마
이즈하라

이키노시마

치쿠젠 번
아이노시마

시모노세키

1719년 8월 1일 아이노시마 도착
1719년 12월 12일 아이노시마 도착(귀국길)

1719년 8월 18일 시모노세키 도착
(귀국길 미상)

가미노세키

세토나이 카이

도또노우라

무로쓰

우시마도

1719년 9월 1일 우시마도 도착
1719년 11월 17일 우시마도 도착(귀국길)

효고

오오사카

요도가와

교오토

1719년 9월 4일 오오사카 도착
1719년 11월 4일 오오사카 도착(귀국길)

1719년 9월 11일 교오토 도착
1719년 11월 1일 교오토 도착(귀국길)

비와호

히코네

나고야

오카자키

하마마쓰

시즈오카

미시마

하코네

오다와라

시나가와

에도

1719년 9월 27일 에도 도착
1719년 10월 15일 에도 출발(귀국길)

KB251479

조선 문인의
일본견문록

우리고전 100선 15

조선 문인의 일본견문록—해유록

2026년 3월 16일	2판 1쇄 발행
2011년 11월 14일	초판 1쇄 발행
2020년 5월 30일	초판 3쇄 발행

편역	이효원
기획	박희병
펴낸이	한철희
펴낸곳	돌베개
편집	이경아
디자인	김민해·이은정·이연경

등록	1979년 8월 25일 제406-2003-000018호
주소	(10881) 경기도 파주시 회동길 77-20 (문발동)
전화	(031) 955-5020
팩스	(031) 955-5050
홈페이지	www.dolbegae.co.kr
전자우편	book@dolbegae.co.kr

ⓒ 이효원, 2026

ISBN 979-11-94442-87-5 04810
ISBN 979-11-94442-17-2 (세트)

우리
고전
1₀0
선

15

조선 문인의
일본견문록

신유한 지음
이효원 편역

돌베개

해유록

간행사

지금 세계화의 파도가 높다. 현재 진행되고 있는 세계화는 비단 '자본'의 문제이기만 한 것이 아니라, '문화'와 '정신'의 문제이기도 하다. 그 점에서, 세계화에 어떻게 대응할 것인가 하는 것은 우리의 생존이 걸린 사활적(死活的) 문제인 것이다. 이 총서는 이런 위기의식에서 기획되었으니, 세계화에 대한 문화적 방면에서의 주체적 대응이랄 수 있다.

생태학적으로 생물다양성의 옹호가 정당한 것처럼, 문화다양성의 옹호 역시 정당한 것이며 존중되지 않으면 안 된다. 그럼에도 세계화의 추세 속에서 문화다양성은 점점 벼랑 끝으로 내몰리고 있는 것처럼 보인다. 하지만 문화적 다양성 없이 우리가 온전하고 행복한 삶을 살 수 있겠는가. 동아시아인, 그리고 한국인으로서의 문화적 정체성은 인권(人權), 즉 인간 권리의 문제이기도 하기 때문이다. 그래서 우리 고전에 대한 새로운 조명과 관심의 확대가 절실히 요망된다.

우리 고전이란 무엇을 말함인가. 그것은 비단 문학만이 아니라 역사와 철학, 예술과 사상을 두루 망라한다. 그러므로 일반적으로 알려져 있는 것보다 훨씬 광대하고, 포괄적이며, 문제적이다.

하지만, 고전이란 건 따분하고 재미없지 않은가? 이런 생각의 상당 부분은 편견일 수 있다. 그리고 이런 편견의 형성에는 고전을 연구하는 사람들에게 큰 책임이 있다. 시대적 요구에 귀 기울이지 않은 채 딱딱하고 난삽한 고전 텍스트를 재생산해 왔으니까. 이런 점을 자성하면서 이 총서는 다음의 두 가지 점에 특히 유의하고자 한다. 하나는, 권위주의적이고 고지식한 고전의 이미지를 탈피하는 것. 둘은, 시대적 요구를 고려한다는 그럴듯한 명분을 내세워 상업주의에 영합한 값싼 엉터리 고전 책을 만들지 않도록 하는 것. 요컨대, 세계 시민의 일원인 21세기 한국인이 부담감 없이 '쉽게' 접근할 수 있는, 그러면서도 품격과 아름다움과 깊이를 갖춘 우리 고전을 만드는 게 이 총서가 추구하는 기본 방향이다. 이를 위해 이 총서는, 내용적으로든 형식적으로든, 기존의 어떤 책들과도 구별되는 여러 모색을 시도하고 있다. 그리하여 고등학생 이상이면 읽고 이해할 수 있도록 번역에 각별히 신경을 쓰고, 작품에 간단한 해설을 붙이기도 하는 등, 독자의 이해를 돕고자 하였다.

특히 이 총서는 좋은 선집(選集)을 만드는 데 큰 힘을 쏟고자 한다. 고전의 현대화는 결국 빼어난 선집을 엮는 일이 관건이자 종착점이기 때문이다. 이 총서는 지난 20세기에 마련된 한국 고전의 레퍼토리를 답습하지 않고, 21세기적 전망에서 한국의 고전을 새롭게 재구축하는 작업을 시도할 것이다. 실로 많은 난관이 예상된다. 하지만 최선을 다해 앞으로 나아가고자 한다. 그리하여 비록 좀 느리더라도 최소한의 품격과 질적 수준을 '끝까지' 유지하고자 한다. 편달과 성원을 기대한다.

박희병

책머리에

미국의 한 문화인류학자는 일본 문화의 특질을 '국화와 칼'이라는 두 단어로 파악한 바 있다. 국화가 예술을 사랑하는 심미적인 삶을 상징한다면 칼은 무력을 숭상하는 사무라이(武士) 정신을 상징한다. 일본인에게는 두 가지 모순된 속성이 공존한다는 것이다. 오늘날 우리도 일본이라고 하면 근면하고 친절한 국민, 정밀한 기술, 풍부한 문화적 저력 등의 밝은 면과 함께 제국주의, 식민 지배, 역사 왜곡과 같은 어두운 면을 함께 떠올린다.

300여 년 전 조선 선비가 쓴 일본 기행문인 『해유록』(海游錄)에도 이와 유사한 생각이 담겨 있어 흥미롭다. 『해유록』의 저자는 18세기 전반을 풍미한 문장가이자 시인인 신유한(申維翰, 1681~1752)이다. 그는 통신사(通信使)의 일원으로 일본에 건너가 그곳의 아름다운 풍광을 보며 선계(仙界)를 떠올리기도 하고, 일본인의 소박하고 청결한 생활 습관과 정교한 기술에 감탄하기도 한다. 그러나 다른 한편으로 임진왜란의 참상을 떠올리며 일본의 강성한 군사력을 경계하고, 일본인의 일상에 스며든 군사 문화를 지적하는 등 일본 사회가 지닌 모순을 날카로운 시선으로 통찰하였다.

이 밖에도 『해유록』에는 현대를 사는 우리가 일본을 알기 위해 필요한 다채로운 정보가 가득하다. 일본의 정치·역사·지리·제도·군사 등에 관한 세밀한 관찰과 치밀한 서술은 일본의 역사와 인물에 대해 알고 싶은 사람에게 역사서에서는 볼 수 없는 풍부하고 생생한 정보를 제공해 줄 것이다. 일본의 사치스러운 도시 문화,

독특한 성(性) 풍속에 대한 사실적인 묘사는 우리에게 다른 나라의 문화를 편견 없이 대하는 것이 중요하다는 사실을 일깨워 준다. 일본인과의 만남과 소통, 그리고 이별을 그린 대목에서는 국가 간의 외교 역시 개인과 개인의 만남에서 시작된다는 평범한 진실을 상기시킨다. 이처럼 신유한은 일본을 다각도로 분석하고 비판하는 한편 일본의 이질적인 문화를 개방적인 자세로 수용하고 일본의 앞선 점은 조선도 배워야 한다는 태도를 보인다.

국가 간에 경쟁과 질시가 만연한 오늘날, 우리는 『해유록』을 읽음으로써 다른 국가, 다른 민족과 평화적으로 공존할 수 있는 계기를 발견할 수 있을 것이다. 그런 점에서 일본은 우리에게 거울과 같은 존재라 할 수 있을 터이다. 일본을 통해 우리의 내부를 성찰하고, 그것을 바탕으로 일본과 우호적인 관계를 맺는 일은 궁극적으로 세계 여러 나라와 평화적인 관계를 구축하는 초석이 될 수 있기 때문에 소중하다.

예나 지금이나 일본은 가깝고도 먼 나라이다. 이는 되풀이된 침략의 역사 때문일 것이다. 그러나 일본의 호전성을 비판하기에 앞서 우리가 일본에 대해 얼마나 알고 있는지, 일본을 통해 우리 자신을 성찰하고자 노력을 기울였는지 먼저 생각해 봐야 하지 않을까. 부디 『해유록』을 읽는 독자가 일본을 이해하는 데 그치지 않고, 나아가 우리 자신을 되돌아볼 수 있게 되기를 희망한다.

2011년 11월
이효원

차례

해가 뜨는 곳, 일본

가깝고도 먼 나라

나니와 강의 황금 배

국서를 받들고

무력을 숭상하는 나라

꿈같은 만남과 이별

해유록 — 조선 문인의 일본견문록

해가 뜨는 곳, 일본

신선이 사는 섬 아이노시마

아이노시마(藍島)에 머물고 있다. 장막 안의 동료들이 서쪽
산의 빼어난 경치를 구경하고 와서는 신선놀음을 했다고 자랑
하는 소리가 들렸다. 나는 날마다 시를 써 달라고 조르는 일본
인들에게 시달려 우울하고 답답한 심정을 견딜 수 없었다. 그래
서 저물녘에 동자를 데리고 일본인 통역관 및 호위병과 함께 한
가로이 해변을 거닐었다. 민가의 울타리를 따라 걷다가 쉬다가
하였는데 대나무 울타리와 꽃으로 장식한 난간이 눈앞에 그림
처럼 펼쳐졌다. 마주 앉아 바둑을 두는 사람들도 있었다. 바둑
두는 소리를 들으니 나도 모르게 소동파가 여산 아래 백학관(白
鶴觀)에서 바둑 두는 소리를 듣고 시구(詩句)를 떠올린 일[1]이
생각났다.

해변에는 돌을 무더기로 쌓아 놓고 나무판으로 표지를 만
들어 세운 것이 많았는데 통역관은 모두 옛사람의 무덤이라고
했다. 일본에는 흙을 쌓아 봉분을 만드는 풍속이 없고 묘터를
잡는 법도 없어 울타리 아래나 길가에 돌을 쌓아 유골을 매장
한다. 신분이 높은 이들은 돌을 깎아 구덩이를 만들고 그 속에

---

1   소동파(蘇東坡)가 여산(廬山)~떠올린 일 : 백학관(白鶴觀)은 중국 여산에 있는 도
     관(道觀 : 도교 사원)의 이름이다. 송나라의 동파(東坡) 소식(蘇軾)이 이곳에 놀러
     갔을 때, 마침 도관 사람들은 낮잠을 자고 있고 우거진 소나무와 계곡물 사이로
     바둑 두는 소리만 들려왔기에, 소식이 흥취가 일어 시를 지었다는 고사가 있다.

관을 넣은 다음, 깎아서 다듬은 돌로 덮으며, 비석을 세우고 사방에 난간을 설치하여 사람들의 출입을 막는다. 여기 있는 여러 무덤의 주인은 가난하고 천한 사람들이기에 나무판만 세운 것이라고 한다.

구불구불한 길을 돌아서 서쪽 산에 올랐다. 산의 높이는 수백 길인데 오래된 소나무와 키 큰 삼나무가 바위틈에 듬성듬성 가지를 드리우고 있었고 무성한 풀이 길에 우거져 있었으며 길은 좁고 가팔랐다. 산 위에 올라가니 어스름하게 석양이 지는 것이 보였다. 멀리 안개가 자욱한 물가를 바라보니 100리 밖 산의 희디흰 형상이 마치 흰 비단 띠나 옥가락지처럼 한 치의 틈도 없이 아이노시마를 둘러싸고 있었다.

포구 건너편 어선들이 거리에 따라 희미하게 보이기도 하고 뚜렷하게 보이기도 하였는데, 모두 거울 같은 수면을 왔다 갔다 하여 또렷하게 분간할 수 있었다. 산허리의 푸른 절벽이 바다 속으로 꽂혀 있어, 뭉게뭉게 피어난 구름이 파도 속으로 떨어질 듯했는데, 솔바람이 불어오자 마치 파도가 구름을 삼켰다 뱉는 듯했다. 신선이 산다는 십주(十洲)에 아름다운 곳이 얼마나 있는지 모르겠지만 지금 만약 마고와 영랑²이 손잡고 이곳에 온다면 걸음을 멈추고 경치를 바라보지 않을 수 있겠는가? 내가 인간 세상에 태어난 덕에 여기를 한번 둘러볼 수 있었으니 행운이라 하겠다. 휘파람을 불며 길게 읊조리기를 한참 동안 하고

---

2   마고(麻姑)와 영랑(永郎) : 마고는 전설상의 선녀이고, 영랑은 신라의 화랑이다.

있는데 통역관이 다가와 물었다.

"오늘 보신 경치가 어떻습니까?"

나는 대답했다.

"나는 지금 황홀하기 그지없어 내 몸 밖에 무엇이 있는지 모르겠군요. 여기서 백 년 동안 살면 겨드랑이에 날개가 돋아서 신선이 되어 하늘로 날아오를 것 같습니다."

"아이노시마에 사는 사람 중에 신선이 된 자가 있다는 얘기는 들어 본 적이 없으니 어쩌지요?"

통역관이 대꾸하는 말이 몹시 우스웠다.

돌아와서 아메노모리 호오슈우[3]를 만나 이 말을 하고는 한차례 손뼉을 치며 웃고 헤어졌다.

아이노시마(藍島)는 쓰시마(對馬) 섬과 일본 본토 사이에 있는, 작지만 풍경이 수려한 섬이다. 신유한은 아이노시마의 빼어난 풍경을 신선이 사는 곳에 비유하고 자신을 신선과 동일시하며 상상의 나래를 한껏 펼쳤다. 일본의 문인들은 신유한에게 끊임없이 시문을 써 줄 것을 요구하였는데, 이런 고된 임무에 지친 심신을 그는 탈속적인 상상을 통해 달래고자 하였다. 서울

---

3   아메노모리 호오슈우(雨森芳洲) : 1668~1755. 이름은 노부키요(誠淸) 또는 도오(東), 자는 하쿠요오(伯陽). 호오슈우(芳洲)는 그의 호. 중국어와 조선어에 능통하였으며, 쓰시마 번(藩)의 기실(記室 : 문서를 담당하는 관리)이 되어 조선과의 외교를 전담하였다. 쓰시마에서 에도(江戶)까지 통신사를 수행하였다.

을 떠난 지 넉 달쯤 지난 1719년 8월 8일의 일이다.

지노시마의 어느 노부부의 초가집

지노시마의 한자 표기인 '地島'(지도)는 표기를 달리해 '慈島'(자도)라고도 쓰는데, 땅이 좁고 누추하여 쉴 만한 관사가 없었다. 민가는 수십 가구 가량으로 모두 보잘것없는 초가집이었다. 사신들[1]은 국서(國書)를 받들고 사이코오지(西光寺)로 들어가 머물기로 했다. 절은 가이운 산(海雲山) 밑에 있었다. 조그만 종에 '지쿠젠 지방 무나가타 군 지노시마 포구의 가이운 산에 있는 사이코오지'(筑前 宗像郡 地島浦 海雲山 西光寺)라는 뜻의 글씨가 새겨져 있었다. 절이 몹시 작아 많은 사람을 수용할 수 없어서 일행의 대부분은 배 위에 머물렀다. 나 역시 배 위의 망루(望樓)에 머물면서 때때로 절에 가서 사신들께 문안 인사를 올렸다.

섬에는 볼만한 것이 하나도 없었지만, 지세(地勢)가 조금 높아 서쪽으로 큰 바다가 내려다보였고 남쪽으로는 가네자키(鍾崎)라는 작은 항구가 가까이 있었으며, 바닷가에는 여러 산들이 반짝이는 별처럼 선명하게 보여 몹시 상쾌했다. 절의 서남쪽 산꼭대기에 10여 길 쯤 되는 돌계단이 있고 계단이 끝나는 곳

1 　사신들: 통신사행을 이끌었던 세 명의 사신, 즉 정사(正使), 부사(副使), 종사관(從事官)을 가리킨다. 정사와 부사는 국서 전달 등 외교적인 일을 담당하였고, 종사관은 정사와 부사를 보좌하는 한편 여러 가지 실무를 맡았으며 사행 중에 생긴 일을 기록하여 귀국 후 보고하였다.

에 석문(石門)이 있었다. 석문 위에는 '慈島宮'(지노시마 궁)이라고 쓴 현판이 걸려 있었다. 여기는 관음불을 모신 곳이다. 또 서쪽 산기슭에 견고해 보이는 등대와 봉화대를 세워 오가는 배들의 길잡이로 삼고 있었다. 온 골짜기가 모두 백성들의 논밭이었는데, 벼와 기장이 풍성했고 집집마다 소를 기르고 있었다. 때때로 머리 깎은 남자가 곡식을 베어 가지고 돌아오는 것이 보였다.

항구에서 절로 돌아가려는데 통역관 한 사람이 나를 따라왔다. 길가에 두어 칸 되는 초가집이 깨끗하기에 나는 통역관에게 이렇게 말했다.

"여기서 좀 쉬었다 가세."

통역관은 곧 나를 데리고 그 집으로 들어갔다. 주인은 꽤 늙어 보였는데 아내와 함께 살고 있었다.

"자식은 있습니까?"라고 내가 묻자 노인은 "자식은 없고 저희 둘뿐입니다"라고 대답했다.

"물을 좀 주시겠습니까?" 하고 청하니, 노인은 아내를 돌아보며 "차를 좀 내 오시오"라고 했다. 그의 아내가 부엌에 들어가 찻잔을 씻어서 푸른빛이 도는 차를 따라 통역관에게 주자 통역관이 다시 내게 건네주었다. 좌우의 항아리에는 햇곡식이 담겨 있었고 마당에는 멍석을 깔고 나락 몇 말을 볕에 말리는 중이었다. 부엌 아궁이 위에 놓인 그릇들은 몇 개 되지 않아 손으로 셀 수 있을 정도였지만 이들 부부가 사는 모습은 퍽 즐거워 보였다.

집 옆에 돌을 쌓아 단을 만들고 소철 한 그루를 심어 놓았는데 크기가 항아리만 하고 껍질은 철갑 같았다. 높이는 한 자가 못 되었는데 잎은 파초보다 길었으며, 푸르고 억센 잎이 창처럼 사방으로 뻗어 있었다.

"이 가지와 잎은 어디다 씁니까?"라고 내가 묻자 노인은 이렇게 대답했다.

"아무 쓸모도 없습니다. 다만 그 모양이 매우 기이하고 성질이 대단히 괴상해서, 말라죽어 가는 것을 뽑아서 지붕 위에 얹어 햇볕에 말린 다음 쇠못을 붙이면 다시 살아납니다. 그래서 소철이라 부르지요. 사람들이 관상용으로 많이들 심습니다."

또 수려한 고목이 무성하게 자라고 있었는데, 이름이 물푸레나무였다. 노인 말로는 이 나무는 가을에서 겨울로 넘어갈 때 된서리를 맞아야 비로소 꽃이 피는데, 꽃은 복숭아꽃처럼 옅은 보라색을 띠며 향기로워 사랑스럽다고 했다. 오랑캐의 풍속이 괴이한 것을 좋아하는데 하늘이 낸 식물 역시 이상한 게 많았다.

지노시마(地島)는 규우슈우(九州) 북쪽에 있는 조그만 섬으로, 쓰시마와 일본 본토 사이에 있다. 물산이 그리 풍부하지 않은 조그만 섬이라 기이한 볼거리는 없는 곳이지만, 어촌의 평화로운 풍경과 노부부의 소박한 일상이 푸근한 정감을 자아낸다. 누추한 민가를 찾아 일본의 풍속과 생활상을 살피고 새로운 식물에 대해 호기심을 가지고 자세히 관찰하는 신유한의 모습이 인상적이다. 소철(蘇鐵)의 '소'는 다시 살아난다는 뜻이고, '철'은 쇠못의 쇠를 뜻하는바, 철분을 공급해 주면 소생하기 때문에 이렇게 불렸던 듯하다. 8월 10일의 일이다.

일본의 목구멍 아카마가세키

　　아카마가세키(赤間關)는 일본 본토로 통하는 해협의 입구를 지키는 군사 요충지다. 고쿠라(小倉) 북쪽으로부터 산봉우리가 굽이굽이 바다를 둘러싸고 있어 마치 팽팽하게 당긴 활이나 화살 묶음처럼 보인다. 동북쪽으로 오오사카 성(大阪城)까지의 거리는 천여 리인데, 바다와 산으로 인해 하나의 구석진 구역이 되어 있다. 조수 간만의 차이가 있어 그곳 백성들은 염전을 일구어 소금을 팔아 생활한다.

　　이곳은 일본의 사이카이도오(西海道 : 지금의 규우슈우 지역)에 속하는데,[1] 아카마가세키가 그 목구멍에 해당하여 동쪽·서쪽·남쪽의 큰 바다에서 선박들이 들어온다. 여기에 해군 수만 명을 두어 방비를 잘하면 일본으로서는 저절로 천연의 견고한 요새를 소유하게 되는 셈이기 때문에, 이곳에 관(關)을 설치한 것이다. 이곳은 시모노세키(下關)이고, 동쪽으로 2백여 리 떨어진 곳에 가마도가세키(竈關)라 부르는 곳이 있는데 그곳이 바로 가미노세키(上關)이다. 각기 창고, 군량, 군함과 화포 등을 갖추어 위급할 때 대처하도록 하였다.

　　옛날 도요토미 히데요시(豊臣秀吉)가 오오사카를 도읍으로

1　이것은 신유한의 착오이다. 아카마가세키, 곧 지금의 시모노세키(下關)는 산요오도오(山陽道 : 지금의 야마구치 현山口縣과 효오고 현兵庫縣 서부 일대)에 속한다.

24

삼고 함부로 무력을 남용했을 당시의 일을 떠올리니 두려운 생각에 오싹했다. 관(關)에서 5리 떨어진 곳에 커다란 암초가 바다 속에 우뚝 서 있는데 밀물이 차면 물에 잠기고 썰물 때가 되면 나타났다. 임진왜란 당시 히데요시가 배를 타고 여기를 지나가다가 암초에 부딪혀 배가 거의 부서질 뻔했다. 그러자 그는 즉시 뱃사공과 길잡이를 모두 베어 죽이고 암초 위에 비석을 세워 후대인이 보고 경계하도록 했다. 아직도 그 비석은 멀쩡히 서 있다.

서쪽의 굽이진 언덕에는 흙을 쌓아 무덤을 만들어 놓았는데, 이름은 '백마총'(白馬塚)이다. 세상에 전하는 말로는, 신라 왕이 장수를 보내 일본을 공격하자 일본인들이 강화를 맺기를 청하니, 신라의 장수가 아카마가세키에 도착하여 백마를 잡아 맹세한 다음 죽은 말을 묻어 무덤을 만들어서 그 지역을 표시했다고 한다. 일본의 풍속에는 봉분을 만드는 법이 없었다. 지금 그 무덤의 모양을 보니 신라 사람이 쌓은 것이 틀림없다. 천년이 넘도록 잘 보존하여 마치 어제 만든 듯했다. 일본 사람들은 이곳을 두고 땅이 저절로 부풀어 오른 것²이라고 하니, 일본인들도 말 만들어 내기를 좋아하나 보다.

또 동쪽으로 10리 못 간 곳에는 멋진 성 하나가 보였고 소나무와 대밭 사이로 빼곡히 들어선 민가도 보였다. 사람들은 이

---

2   땅이 저절로 부풀어 오른 것 : 토양이 자연적으로 끊임없이 융기 생성한 결과라는 뜻이다.

성을 '모지 성'(文字城)이라 부른다. 여기는 기이한 돌이 많이 나는데 그중에 푸르고 붉은 빛이 돌며 반질반질한 돌을 캐서 만든 벼루가 나라 안에서 널리 쓰인다. 이곳을 모지 성, 즉 '문자(文字)의 성(城)'이라 부르는 것은 이 때문이다.

서쪽 산기슭에는 '대변정'(待變亭)이라는 정자가 있는데 넓고 탁 트였다. 칼을 찬 사람 수십 명이 줄을 지어 앉아 대포 수십 문을 지지대 위에 설치해 놓고 포문(砲門)이 바다를 향하게 한 채 화약과 탄환을 재어 놓고 심지를 달아서, 곧바로 적을 향해 발사할 태세를 취하고 있었다. 정자 아래 물이 휘도는 곳에는 커다란 군함 세 척이 있었다. 기름 먹인 덮개로 덮어 놓았는데, 덮개 하나하나가 마치 갑옷 같았다. 좌우에 노를 벌여 놓은 것이 또 위급한 때 곧장 적에게 돌진할 태세였다. 그들이 군사를 배치하여 밤낮으로 쉬지 않고 변고에 대비하는 것이 이와 같았다.

아카마가세키는 곧 지금의 시모노세키(下關)다. 혼슈우(本州: 일본을 이루는 4개의 주요 섬 가운데 가장 큰 섬) 남서쪽 끝에 있는 도시로 좁은 해협을 사이에 두고 규우슈우와 마주해 있다. 이 해협을 지나면 일본의 내해(內海)인 세토나이카이(瀬戸內海)로 이어져 곧장 혼슈우로 들어갈 수 있기 때문에 시모노세키는 예로부터 일본 방어의 중요한 군사 요충지로 여겨졌다. 통신사 일행도 이곳을 지나 세토나이카이를 통해 오오사카까지 배로 이동하였다. 신유한은 일본이 외적의 침입에 대비해 응전의 태세를 갖추어 놓고 있는 모습에 놀란 듯 병사와 대포, 군함의 모습을 예리한 시선으로 상세하게 기록하고 있다. 8월 18일의 일이다.

후쿠젠지의 절경

미시(未時: 오후 1시~3시)와 신시(申時: 오후 3시~5시) 사이에 도모노우라(鞱浦)에 도착했다. 여기서 우시마도(牛窓)까지 겨우 2백 리라 하기에 순풍을 타고 앞으로 더 나아가려 했다. 그러자 여러 일본인들이 극구 말리며 쓰시마 번주(藩主)의 배가 아직 뒤에 있으니 도착하기를 기다려야 한다고 했다. 그가 도착하니 이미 저물녘이었다. 태수는 큰 길가에 숙소를 마련하여 통신사를 접대하는 것이 모두 관백¹의 명령에 의한 것이라 말하고, 여기서 준비한 것은 다시 되돌릴 수 없으니 지금 그냥 그대로 우시마도까지 갔다가는 통신사를 호위하는 자기네가 국법(國法)을 어겨 죄를 짓게 되는 것이라며 애써 우리를 설득했다. 그래서 우리는 결국 배에서 내려 숙소로 들어갔다.

도모노우라는 빈고 주(備後州)에 속한다. 숙소는 후쿠젠지(福禪寺)였다. 절은 해안의 산 아래에 있었는데 건물이 매우 크고 시설이 굉장했다. 항구에서 숙소까지는 6~7리쯤 되었다. 길가에는 모두 여러 겹의 자리를 깔아서 티끌 한 점 없었고, 길 양쪽으로 다섯 걸음마다 장대를 하나씩 세우고 장대마다 커다

---

1   관백(關伯): 에도 막부의 우두머리인 쇼군(將軍)을 가리키는 말. 당시 일본에는 천황(天皇)이 있었으나 실권이 없었으며 실제로 통치권을 가진 이는 쇼군이었다. 원래 관백은 천황의 업무를 보좌하는 직책을 가리키는 말인데 통신사 일행은 관습적으로 쇼군을 '관백'이라 불렀다.

란 등을 한 개씩 달아 놓아, 밤인데도 대낮처럼 환했다. 기와 지붕과 담이 거리에 빼곡히 들어서서 한 치의 틈도 없었고, 비단 옷을 입고 구경 나온 남녀들이 동서를 가득 메웠는데 장사꾼과 기녀가 많았다. 부자들이 소유한 찻집[2]과 각 주의 관원들이 왕래하며 머무는 숙소가 대단히 번화했다. 이곳 역시 아카마가세키 동쪽에 위치한 큰 도회지라 할 수 있다.

해안의 산이 높이 솟아 바다를 굽어보고 있는데 삼면(三面)의 산들과 더불어 서로 감싸 만(灣)을 이루었다. 바다에 침식된 산 아래에 돌을 다듬어 둑을 쌓아 놓은 것이 평평하게 정돈되어 칼로 깎은 듯했다. 소나무, 삼나무, 귤, 유자 및 그 밖의 온갖 과일 나무가 무성한 푸른 숲을 이루어 사방을 둘렀고, 그 그림자가 물 위에 거꾸로 비쳤다. 이곳에 온 사람들이 모두 일본에서 가장 빼어난 경치라며 감탄하였다.

동쪽 바다 가운데로 뻗어 있는 높은 절벽을 파서 길을 내고 돌을 쌓아 대(臺)를 만들어 놓았다. 대 위에 지은 층층 집은 처마가 날렵했고 푸르게 분칠한 것이 구름 밖으로 빛났다. 절 이름은 엔호오지(圓法寺)였다. 배 위에서 바라보니 마치 신선이 사는 곳 같았다.

나의 숙소는 후쿠젠지 서쪽에 있는 넓고 탁 트인 곳이었다. 가장 높은 곳에 있어서 아래로 수많은 집들이 내려다보였는데

---

2   찻집 : 여행자를 위한 휴게 시설로 주로 언덕이나 숙소 부근에 있었으며 여행객들에게 차와 과자를 팔았다.

담장과 벽이 모두 화려했다. 산바람이 울퉁불퉁해서 살기 위험한 구역에는 반드시 섬돌을 쌓아 터를 높인 다음 층층이 집을 지어, 크고 작은 것이 모두 보였다. 또 울타리 옆 빈 터에는 구덩이를 파서 무덤을 만들고 돌을 쌓아 올렸으며 간혹 글자가 지워진 비석이 문 앞에 있었다. 무덤 속의 사람과 더불어 먹고 자는 등의 일상생활을 함께 하다니 해괴망측했다.

빈고 주(備後州)는 지금의 히로시마 현(廣島縣) 동쪽 지역이다. 도모노우라(鞆浦)는 세토나이카이(瀬戸内海)의 빼어난 경치를 조망할 수 있는 곳으로 유명했다. 1711년 사행 당시 종사관이었던 이방언(李邦彥, 1675~?)이 이곳의 경치를 보고 감동하여 일본에서 가장 빼어난 경치라는 뜻의 '日東第一形勝'(일동제일형승)이라는 글씨를 써서 후쿠젠지의 주지에게 주었고, 1748년 사행 때는 정사(正使) 홍계희(洪啓禧, 1703~1771)의 아들 홍경해(洪景海, 1725~?)가 바다를 마주한 누각이라는 뜻의 '對潮樓'(대조루)라는 글씨를 써 주었다. 이 두 사람의 글씨는 편액으로 만들어져 지금도 후쿠젠지에 걸려 있다. 8월 28일의 기록이다.

아름다운 항구도시 우시마도

해가 서쪽으로 기울 무렵 우시마도(牛窓)에 도착했다. 먼 산이 항만을 둘러 있었고 주변 경치가 시원스러웠다. 대나무를 꽂아 물고기 잡는 통발을 만들어 놓았으며 그물질하는 배와 낚싯배들이 멀리 또 가까이 오고갔다. 해안의 인가(人家)는 수천 가구였다.

숙소 시설은 도모노우라에서와 같이 성대했다. 숙소 옆에는 탑이 하나 있었는데, 꼭대기의 우뚝한 구리 기둥이 하늘 높이 솟아 있었다. 절 이름은 혼렌지(本蓮寺)였다. 서쪽으로 항구가 보이는 곳에 풍경이 아주 빼어난 집 한 채가 있었는데 '學士館'(학사관)이라 써 붙여져 있었다. 욕실과 화장실이 좌우에 있었으며 모두 정갈하고 솜씨 좋게 꾸며 놓았다. 뜰에는 소철이며 종려나무며 온갖 신기한 화초가 군데군데 심겨 이국적인 향기를 풍기고 있었다. 풀같이 생긴 가느다란 나무가 있었는데, 가지는 무성하고 잎은 가늘었으며 꽃은 옅은 자줏빛이었다. 일본 사람들은 이 꽃을 사쓰키(皐月: 오월철쭉)라고 불렀다.

식사를 마친 뒤 아메노모리 등 여러 사람이 비젠 주(備前州)의 여러 문사(文士)들을 데리고 왔기에 붓, 벼루, 종이 두루마리를 내놓고 시를 지어 주고받았다. 마쓰이(松井)라는 사람이 있었는데 호는 가라쿠(河樂)였다. 여든이 넘은 나이에도 시를 곧잘 짓고 궁금한 걸 잘 물어서, 필담을 오래 해도 지겹지 않았다.

"젊었을 때 에도[1]에서 벼슬을 하여 국자사업(國子司業: 국자감의 교수)이 되었다가 늙어서 물러나 전원에서 살고 있습니다. 시를 지어 모아 놓은 것이 매우 많습니다."

마쓰이는 이렇게 말하며 나에게 서문을 써 달라고 부탁했다.

와다 세이사이(和田省齋)라는 사람도 매우 박식하고 학문을 부지런히 공부한 이였다. 마쓰이와 와다는 각기 평소 품었던 생각을 써서 나에게 보여 주었다. 나는 여러 선비들에게 이렇게 말했다.

"이곳을 우저(牛渚)라 이름 한다면, 후세 사람으로 하여금 다시 다섯 수의 시를 전하게 할 수 있지 않을까요?"[2]

그러자 이리 답했다.

"이곳의 빼어난 풍경이 우저(牛渚)에 비해 손색이 없으니, 공(公)께서 배를 타고 와 서리 내리는 밤에 맑은 시내에서 낭랑하게 시를 읊조리신다면 천추에 전해질 것입니다."

이백(李白)의 시구를 따온 것이 매우 재치가 있었다.[3] 우리

---

1   에도(江戶): 지금의 도오쿄오(東京). 에도 막부의 실질적 통치자인 쇼군이 거처했다. 천황이 있는 교오토(京都)를 서경(西京)이라 하고 동쪽에 있는 에도를 동경(東京)이라 하였다.
2   이곳을 우저(牛渚)라~있지 않을까요: 이곳의 지명이 '우창'(牛窓: 일본음으로는 우시마도)이기 때문에 '우저'에 비긴 것이다. 중국의 동진(東晉) 시대에 원굉(袁宏)이라는 이가 우저에서 시 다섯 수를 읊었는데 이곳을 다스리던 사상(射尙)이 우연히 이 시를 듣고 크게 칭송하여 그의 명성이 널리 알려졌다.
3   공(公)께서 배를~재치가 있었다: 이백의 「노노정가」(勞勞亭歌)에 "나는 사강락(射康樂)처럼 흰 배를 타고/서리 내리는 밤에 맑은 시내에서 낭랑하게 읊조리네"(我乘素舸同康樂, 朗咏清川飛夜霜)라는 구절이 있기에 한 말이다.

는 밤이 깊어서야 헤어졌다. 이튿날 아침 여러 사람이 다시 와서 필담을 길게 나누었는데, 우리나라의 과거제도가 어떠한지, 내가 합격한 과거 시험은 어느 해에 시행되었으며 어떤 문제가 출제되었는지, 시험을 주관한 관리의 이름은 무엇인지 등을 묻기에 곧 글로 써서 답해 주었다.

신유한은 일본의 정결한 가옥과 정원에 강한 인상을 받은 듯 『해유록』 곳곳에서 이에 대해 언급하고 있다. 지금도 일본을 말할 때 청결함과 정밀함을 중요한 특징으로 꼽는데, 에도 시대부터 이미 그랬다는 점이 흥미롭다. 조선, 중국, 일본, 베트남 등 전근대 동아시아의 여러 나라들은 비록 서로 말은 달랐지만 한문(漢文)이라는 공통 문어(文語)를 사용했기 때문에 필담을 통해 의사소통이 가능했다. 신유한이 일본 문인과 나눈 대화도 대부분 필담을 통해 이루어졌다. 중국과 조선에는 과거제가 있었지만 일본에는 과거제가 없었고 관직은 한 가문이 대대로 세습하였다. 따라서 높은 학식을 지니고 있음에도 벼슬길에 나아가지 못하는 문인들이 많았는데 이런 사람들이 조선의 과거제에 깊은 관심을 보이곤 했다. 9월 1일의 일이다.

효오고의 바닷가에서

저물녘에 효오고(兵庫)에 닿았다. 이 땅은 도성 부근의 셋쓰 주(攝津州)에 속한다. 여기는 관백(關伯)의 별장이 있는 곳으로, 배와 수레와 농지에 매긴 세금이 모두 관백의 수입이 되며 사신 일행을 접대하는 물품 일체도 관백의 별장에서 마련된다고 한다. 도오토오미(遠江)의 태수 미나모토 다다타카(源忠喬)가 관백의 명을 받고 와서 접대를 했다. 술과 반찬 등 여러 물건이 일행에게 제공된 것도 다 관백의 명령 덕분이었다.

이곳은 지형이 평평하고 넓어 민가와 관가가 논밭 사이로 줄지어 있었다. 나는 피로에 지쳐, 숙소로 들어가지 않고 밤에 강백(姜栢)¹과 함께 해안으로 나가 평상을 깔아 놓은 곳에 앉았다. 악공(樂工)을 시켜 북을 치고 피리를 불게 하고 두 동자에게 마주 보고 춤을 추게 하였더니 일본인들이 구름같이 모여들었다. 때때로 종이와 붓을 가지고 와 글을 써 달라고 청하는 사람도 있어, 나는 더러 흥이 나는 대로 써 주었다.

그때 아메노모리 호오슈우 등 여러 사람이 와서 말했다.

"내일 오오사카 성에 들어갈 것이니 오늘 밤은 모두들 바쁘실 줄 압니다. 그러나 히메지 성(姬路城)에서 온 몇몇 손님들이

---

1   강백(姜栢): 1690~1777. 조선 후기의 시인으로 신유한이 참여한 기해년 사행 당시 장응두, 성몽량(成夢良)과 함께 서기(書記)로 참여하였다.

간절히 군자를 기다리고 있으니, 부디 몇 마디 아름다운 말씀을 해 주시기 바랍니다."

나는 내키지 않았지만 숙소로 들어가 여러 선비들과 필담을 나누고 시를 몇 편 지어 준 뒤 헤어졌다. 어떤 사람이 내가 지은 시 가운데에서 "한조구월어룡기, 선교천년취족생"(寒潮九月魚龍起, 仙嶠千年鷟鷟生: 구월의 차가운 조수에 어룡이 일어나고, 천년 된 신선의 산에 봉황이 태어나네)이라는 구절을 일본어로 읊었는데, 그 소리가 괴이하여 들을 수가 없었다.

그는 시를 다 읊고 나서 곧 이렇게 글로 써 보였다.

"그대 시의 가락이 백설루(白雪樓)의 여러 시인을 합해 놓은 것 같습니다."[2]

배로 돌아와 잤다. 밤 열 시경에 출발하여 노를 저어 1백 리를 가서는 이튿날 아침에 강어귀에 닿았다. 여기서부터는 바다가 끝나고 나니와 강(浪華江)이 시작된다.

신유한은 계속된 항해에 몹시 지쳤지만 숙소에 들어가면 또 일본 문인들을 상대해야 하기 때문에 일부러 바닷가에 나가 휴식을 취한 것이다. 에도 막부는 일반 민중이 통신사와 접촉

---

2   그대 시의~것 같습니다: 백설루(白雪樓)의 여러 시인이란 이반룡(李攀龍, 1514~1570)을 비롯해 복고적 문학론을 주창한 7명의 명나라 문인을 가리키는 말이다. 당시 일본에서 이반룡의 시가 숭상되었기에 이런 말을 한 것이다.

하는 것을 금지했지만, 이와 같이 우연한 계기로 조선의 놀이 문화가 일본 민중에게 전해지기도 했다. 지금도 우시마도에서는 통신사를 통해 전해진 조선의 춤을 '가라코 오도리'(唐子踊: 조선 동자들의 춤)라고 하여 문화재로 지정해 놓고 매년 가을 축제 때 연행하고 있다. 9월 3일의 일이다.

포로 마을 진주도

새벽에 일어나니 배가 이미 언덕에 정박했고 언덕 위에는 가마가 준비되어 있었다. 곧 육지에 내려 숙소로 갔다. 여기는 야마시로 주(山城州)다. 바다를 내려다보는 곳에 성을 쌓았는데 그 이름은 요도 성(淀城)이다. 성 바깥에 수차(水車) 두 대를 설치해서 물을 끌어 올려 성안에 물을 댈 수 있다. 해자(垓子)는 너비가 두 길쯤 되며, 해자를 따라 돌을 쌓고 그 위에 성가퀴를 만들어 놓았다. 성가퀴는 하얗게 분칠을 해 몹시 화려한데 기와로 덮고 기와 사이로 대포를 쏠 수 있게 구멍을 내었다. 일본의 성 쌓는 법이 이와 같았다. (…)

숙소로부터 동쪽으로 오오쓰카 산(大塚山)을 지나갔다. 산 위에 역대 천황의 무덤이 많다고 한다. 10여 리쯤 더 가서 바라보니 하얗게 분칠한 담이 어른어른 보이는데, 이것이 후시미 성(伏見城)이다. 이 성은 옛날 도요토미 히데요시가 살던 곳이다. 지금도 별궁과 별장이 남아 있고 시가지가 번성하여 히데요시가 살아 있을 때 못지않다는데, 멀어서 육안으로는 볼 수 없었다.

어떤 일본인이 이렇게 말했다.

"요도 강(淀江) 기슭에 진주도(晉州島)라는 마을이 있는데, 임진년 전쟁 때 포로로 잡혀 온 진주 사람들이 모여 사는 곳입니다. 지금도 그 마을에는 다른 지역 출신이 한 명도 없습니다."

그때 당시의 일을 상상해 보니 모골이 송연해졌다.

센고쿠 시대(戰國時代: 1467년경부터 도요토미 히데요시가 전국을 통일하기 전까지의 시기) 일본에서는 각 지역의 무사들이 성을 쌓고 세력을 다투었다. 이 성들은 대개 적의 침략에 대비하여 강을 끼고 있는 높은 지대에 건설되었으며 해자를 두르고 성벽을 높게 쌓은 것이 특징이다. 신유한은 일본의 군사력에 비상한 관심을 보였던바, 앞서 나온 「일본의 목구멍 아카마가세키」에서 군함을 상세히 묘사했던 데 이어 성을 쌓는 방식에도 주목하고 있다. 임진왜란 당시 10만 명에 가까운 조선인들이 일본에 포로로 잡혀갔으며, 진주도의 경우처럼 한 고을 사람 대부분이 포로가 된 경우도 있었다. 포로들은 대부분 귀국하지 못하고 대대로 일본에서 살아야 했으며, 후에 일본의 유학이나 도자기 등 문화 발전에 크게 기여하기도 했다. 9월 11일 오오사카를 떠나 나고야(名古屋)로 가던 도중의 일이다.

비와 호를 지나며

가랑비가 내렸다. 아침 일찍 출발했다. 가마 속에 명나라 문학가 박산(博山)의 시집을 두었다. 주렴 바깥에서 들려오는 가을비 소리에 문득 맑은 정취가 느껴졌다. 6~7리쯤 가자 일본인이 비와 호(琵琶湖)라고 알려주기에 발을 걷고 멀리 바라보니 호수가 시원하게 탁 트여 끝이 보이지 않았다. 멀리 보이는 산은 물을 감싸 안아 굽이굽이 포구를 이루었고, 이리저리 흩어져 있는 어선들은 누런 갈대와 마른 대숲 사이로 나타났다 사라지곤 했다. 저녁 노을 속에 갈매기와 물결이 함께 오르락내리락했다.

이 호수의 둘레는 4백 리로, 중국의 동정호(洞庭湖)[1]와 거의 맞먹으니, 악양루(岳陽樓)[2]에서 바라보는 동정호의 경치와 이곳의 경치를 비교하면 어느 쪽이 더 나을지 알 수 없다. 원래 호수의 모양이 비파 같기 때문에 '비와(琵琶) 호'라는 이름을 얻은 것인데,[3] 오우미 주(近江州)에 속해 있으므로 오우미(近湖)라고도 한다. 호숫가에 분칠한 담장과 화려한 문루(門樓)가 솟아 있는 곳의 이름은 제제 성(膳所城)이라 했다. 이곳은 예전에 조

---

1 동정호(洞庭湖) : 중국 호남성(湖南省)에 있는 호수로 섬이 많고 경치가 수려하여 예로부터 많은 문학 작품의 소재가 되었다.
2 악양루(岳陽樓) : 동정호에 접해 있는 유명한 누각 이름으로, 이곳에서 동정호의 빼어난 경치를 조망할 수 있다.
3 원래 호수의~얻은 것인데 : '비와'는 비파의 일본식 발음이다.

선의 사신을 접대했던 후지와라 야스노부(藤原康命)가 사는 성
이다.

"어떤 오랑캐이기에 이 좋은 강산을 차지했을까?"

나는 이렇게 탄식하며 그곳을 떠났다.

비와 호는 일본에서 가장 큰 호수로, 시가 현(滋賀縣)에 있다.
면적이 약 673km2로 서울시보다 크다. 경관이 몹시 아름다워
예로부터 문인들이 많이 찾는 명소로 알려져 있다. 오오사카
에서 나고야로 가는 도중인 9월 13일의 일이다.

백옥 같은 후지 산

1

날이 밝자 출발하여 40리 가서 작은 고개를 하나 넘었다.
고개 이름은 '시오미'(潮見)이다. '시오미자카'(鹽見坂)라고도 한
다. 지금까지 사신들이 온 길은 모두 남쪽으로 큰 바다를 끼고
있었지만 여러 산에 가려져 바다가 나타나기도 하고 숨기도 하
였는데, 여기서부터는 바다를 따라간다.

시라스(白須)라는 마을을 지나는데 가마꾼들이 동쪽으로
구름 가를 가리키며 "후지 산(富士山)이다!" 하고 떠들썩하게
외쳤다. 가마를 멈추게 하고 바라보니 한 줄기 봉우리가 솟아난
것이 마치 흰 옥잠화가 푸른 하늘에 꽂혀 있는 듯하였고, 산 중
턱 아래가 자욱한 구름과 안개에 가려 있는 것은 마치 중국 화
산(華山)의 연못에 하얀 연꽃이 피어난 듯했으니,[1] 세상에서 흔
히 볼 수 있는 것이 아니었다. 만일 진시황이 낭야대[2]에서 이 광

---

1   화산(華山)의 연못에~피어난 듯했으니 : 화산은 중국 섬서성(陝西省)의 명승지
     로, 그곳 연못에서 하얀 연꽃이 피어나는 아름다운 모습을 한유(韓愈)가 시로 읊
     은 적이 있다.
2   낭야대(琅邪臺) : 낭야대는 중국 산동성(山東省)에 있는 산으로, 진시황이 천하를
     통일한 후 이곳에 올라 비석을 세웠다. 후에 진시황은 바다 건너 신선이 사는 곳
     에 서복(徐福)을 보내 불로초를 구해 오게 하였는데, 서복이 가 닿은 곳이 일본이
     라는 전설이 있다.

41

경을 보았더라면 바다를 건너 신선을 찾았을 것이다. 여기서 산 아래까지의 거리가 4백여 리라고 하는데 지금 벌써 산이 눈 안에 들어오니, 일본의 여러 산 가운데 후지 산과 견줄 만한 것은 없을 듯하다.

2

날이 밝자 출발하여 20리를 갔다. 세이켄지(淸見寺)라는 절이 길 왼편에 있었다. 바닷가의 경치 좋은 곳이라는 말을 들었지만, 갈 길이 바빠 가 볼 수 없었다. 삿타 고개(薩陲嶺)를 넘어가는데 고갯길이 바다를 굽어보고 있어서 절벽의 바람과 물결이 우리를 덮칠 것 같았다. 바다를 따라 30리를 가고 다시 40리를 더 가서 후지 천(富士川)의 배다리를 건너 요시와라(吉原)에서 점심을 먹었다. 에지리(江尻)에서 여기까지는 모두 스루가 주(駿河州)에 속한다.

숙소는 후지 산 아래에 있었다. 이날 마침 하늘이 개어 해가 밝게 비추었고 구름과 안개가 걷혀 사방이 탁 트였다. 후지 산의 진면목을 볼 수 있게 되었다고 일본인들이 축하해 주었다. 하나의 봉우리가 만 길 높이 우뚝 솟아 하늘에 닿았는데 모양이 둥근 비녀 같았고, 산머리는 백옥 같아 티끌 하나 물들지 않았으며, 허리 아래로는 초목이 자라고 있었지만 무성하지는 않아 멀리서 바라보니 민둥산처럼 보였다. 일본인들이 이렇게 말했다.

"산 밑에서 정상까지는 백 리나 되고, 꼭대기에는 둘레가 수십 리나 되는 큰 못이 있습니다. 또 깊이를 알 수 없는 큰 구멍이 있는데 거기서 따뜻한 기운이 솟아나 안개가 되지요. 산이 하얗게 빛나는 것은 눈이 늘 쌓여 있어 여름에도 녹지 않기 때문입니다. 중국 복건성(福建省)이나 동남아를 왕래하는 일본 상인들이 먼 바다 한가운데에서 눈 덮인 후지 산의 봉우리를 보고 방향을 정하여 돛을 올립니다."

일행 중에는 혹 이 말이 허황하여 믿을 수 없다고 생각하는 이도 있었지만 내 생각은 다르다. 후지 산의 산기슭은 스루가(駿河), 이즈(伊豆), 사가미(相模) 세 주에 걸쳐 있으니 그 주위를 한 바퀴 돌자면 사나흘은 걸릴 것이요, 봉우리가 하늘 높이 솟아 있으니 아침 일찍 출발하더라도 어두워진 뒤에야 정상에 오를 수 있을 것이다. 산이 높으면 기온이 낮고 기온이 낮으면 눈이 녹지 않는 법이니 우리나라 북쪽에 있는 장백산(長白山: 백두산)과 마찬가지다.

며칠 전 긴제쓰 강(金絶河)으로 가는 길에 4백 리 밖에서 이미 후지 산 전체를 볼 수 있었으니 남쪽 바다 한가운데서 이 산을 볼 수 있다고 해도 이상한 일이 아니다.

다만 산 옆에 작은 봉우리가 손가락처럼 솟아 있는 것에 대해 일본인들 말로는 정해년(1707)에 저절로 생긴 불이 산을 태워 열흘 넘게 불꽃이 치솟더니 홀연 봉우리가 하나 솟아났다고 하는데, 내 생각으로는 아마도 불에 탄 흙이 무너져 내려 흙덩어리가 쌓여 그렇게 된 듯하다. 그런데 일본인들은 말끝마다 신령이 그렇게 한 것이라고 호들갑을 떠니 미신을 신봉하는 풍습 때문이다.

후지 산은 만년설이 봉우리를 덮고 있어 몹시 아름다우며 한편으로는 신령스럽게 느껴져 신앙의 대상이 되기도 했다. 후지 산에 대한 일본인의 설명을 허황하다고 배척하지 않고 이치에 맞게 따져 가며 수긍할 것은 수긍하는 신유한의 태도는 당대 조선인들이 일본을 오랑캐라고 무조건 폄하하던 것과는 다르게 합리적이라 할 수 있다. 저절로 생긴 불이 산을 태웠다는 것은 후지 산이 분화한 사실을 말한다. 일본의 역사서에 의하면 후지 산은 지금까지 17번 분화하였는데, 마지막 분화가 1707년에 일어난 '호오에이(寶永) 대분화'이다. 나고야를 떠나에도로 가는 도중의 일로, 처음 기사는 9월 19일, 나중 기사는 9월 23일에 쓴 것이다.

가깝고도 먼 나라

오오사카 기생을 노래한 시

서문

내가 사신을 따라 오오사카(大阪)에 이르러, 수려한 산천 초목이며 즐비한 집들과 번성한 저잣거리며 일본인들의 화려한 의복을 눈으로 보니 과연 천하의 장관이었다. 오오사카는 일본 땅의 여러 지역 중에서 큰 도회지의 하나로 손꼽힌다. 하지만 민요와 풍습은 외설스러워 기록할 만한 것이 없었다. 이따금 숙소의 통역관이 말하는 것을 듣고 이른바 사창가의 창녀들이 화장해서 용모를 예쁘게 꾸미고 외설스럽게 구는 행태를 알게 되었는데 너무 저질스러워 차마 입에 담을 수 없었다.

그러나 생각해 보면 예로부터 정욕(情欲)의 근원으로는 남녀 관계보다 더 깊은 것이 없다. 길거리에서 창녀들이 좋은 향기를 풍기고 눈웃음치며 교태를 부리면 그걸 본 남자는 이글거리는 정욕에 휩싸여 결국에는 몸을 망치고 말 것이 뻔하다. 그래서 옛날 훌륭한 임금들은 예(禮)를 만들어 백성들을 교화하여 짐승처럼 살지 않게 했던 것이다. 그렇게 하지 않으면, 옛날 중국에도 정(鄭)나라와 위(衛)나라가 있었던 판국에, 만 리 밖 오랑캐 고을에서 이상한 음식을 먹고 조잡한 언어로 말하며 형수를 아내로 삼고 남녀가 함께 목욕하는 일본인들이야 더 말해 무엇하겠는가? 공자께서 나라를 다스리는 방법을 가르치면서 "정나라 노래를 추방하라" 하셨는데, 『시경』(詩經)을 편집하실 때는 정나라와 위나라의 노래[1]를 수록하여 경계하도록 하셨다. 옛날 육조(六朝)와 당(唐)나라의 시를 상고해 보면, 시인이 아내를 그리워하면서 지은 시나 음란하고 요염한 시들은 야들야들한 것이 모두 음란한 지역의 노래 같지만, 그래도 해로울 게 없으니 각기 그 시대의 교화가 어땠는지 보여 주는 증거일 따름이다.

나는 비록 시에는 익숙하지 못하나, 통역관이 말해 준 것을 듣고 운을 붙여서 일본의 풍속을 시로 읊은 것이 모두 서른 편이다. 이 노래는 나중에 돌아가 조정에 보고하여 외국의 풍속을 살피고자 하는 벼슬아치들로 하여금 취할 것은 취하고 경계할 것은 경계하게 하기 위한 것이다.

1

남들은 겨울밤 길다 하지만
나는 봄날이 길다 말하죠.
아침부터 저물녘까지
열 번 즐기고도 남으니까요.[2]

---

1   정나라와 위나라의 노래: 『시경』 가운데 정나라와 위나라의 노래는 주로 남녀 간의 정욕을 소재로 하고 있다. 주자는 『시경』에 이와 같은 노래가 채록된 것이, 성왕(聖王)이 백성들을 교화하기 위한 방편이기 때문이라 생각하였다. 주자학의 영향을 받은 대부분의 조선 문인들도 이와 같이 생각하였다.
2   남들은 겨울밤~즐기고도 남으니까요: 신유한은 이 시에 "매일 대낮에 남녀가 사랑을 나눈다"라는 주를 달았다.

人言冬夜永, 儂道春晝舒. 從朝向薄暮, 十卽歡有餘.

2

어젯밤 서쪽 동네 잔치 끝나고
취해서 잠드니 누구 집이던가.
백 봉지나 되는 후추와 사탕
보낸 이는 나가사키 사람이라지.[3]

昨夜西町宴, 醉眠誰氏茵. 椒糖一百裹, 送者長崎人.

3

꽃 비녀와 비단 신
옥 같은 손가락에 은가락지.
특별히 쓰시마 손님이
나와 정분이 났네.[4]

---

[3] 어젯밤 서쪽~나가사키 사람이라지 : 신유한은 이 시에 "남방의 여러 나라가 나가
사키에서 후추와 사탕을 판다. 일본의 후추와 사탕은 모두 나가사키에서 온 것이
다"라는 주를 달았다. 남방의 여러 나라란 포르투갈과 네덜란드를 말한다.
[4] 꽃 비녀와~정분이 났네 : 신유한은 이 시에 "비녀와 신, 가락지 등은 모두 조선의

花釵繡絲履, 玉指約銀環. 偏是馬州客, 與儂作好顔.

4

나는 상상(上上)의 여자
님께 상상주(上上酒) 따른답니다.
맛난 술로 님의 마음 흔들려다가
내가 취해 님의 여자 돼 버렸지요.[5]

儂是上上姝, 酌歡上上酒. 酒美蕩君心, 儂醉爲君婦.

5

백 포기 국화 심어도
진짜 황국은 얻기 힘들죠.
날마다 새 님을 맞이하건만

물건인데, 쓰시마 사람들이 왕래하면서 가져다 준 것이다"라는 주를 달았다. 일
본의 기생들이 조선의 패물을 애용했음을 알 수 있다.
5 나는 상상(上上)의~여자 돼 버렸지요: 신유한은 이 시에 "오오사카의 기생들은
상상이니 상중(上中)이니 하는 등급이 있다. 오오사카에서는 제백주(諸白酒: 백
미로만 빚은 최고급주)를 상상주라고도 한다"라는 주를 달았다.

그 누가 날 그립게 할까?⁶

種菊百餘莖, 眞黃故難得. 日日迎新歡, 誰能使儂憶.

6

사랑하니 훗날을 기약하자며
나더러 정조를 지키라 하네.
주인이 돈 받으러 올 텐데
그 돈을 어찌 마련하라고.⁷

憐儂約後期, 敎儂作芳潔. 主家覓金錢, 金錢何以出.

---

6 백 포기~그립게 할까: 신유한은 이 시에 "일본 사람들은 꽃 중에 국화를 좋아해
서 아름다운 빛깔의 국화가 몹시 많다"라는 주를 달았다. 수많은 남자가 자신을
거쳐 가지만 그중에 마음을 바칠 만한 남자는 없다는 것을 국화에 빗대어 한탄한
시다.
7 사랑하니 훗날을~어찌 마련하라고: 신유한은 이 시에 "유곽의 여인들은 모두 부
귀한 집에 속해 있는데 날을 계산해서 돈을 뜯어 간다. 그래서 이렇게 말한 것이
다"라는 주를 달았다. 포주에게 화대를 뜯기는 기생의 고달픈 삶이 가련하다.

7

님은 올라가서 자자 하지만
나는 욕실이 좋다 말하네.
향기로운 물에 목욕하고서
웃음 머금고 낭군과 얼싸안네.⁸

歡欲上樓眠, 儂道浴室好. 蘭湯澡儂膚, 含笑交郎抱.

8

님이여 나가사키 가신다던데
나가사키 여인과 사랑 마세요.
나가사키의 아란타 상인은
성난 눈이 유리알 같다잖아요.⁹

---

8 님은 올라가서~낭군과 얼싸안네: 신유한은 이 시에 "일본에는 욕실을 만들어 놓
   고 남녀가 알몸으로 함께 목욕하는 풍속이 있다"라는 주를 달았다. 욕실에서 사
   랑을 나누는 기생의 농염한 모습이 사실적으로 그려져 있다.
9 님이여 나가사키~유리알 같다잖아요: 신유한은 이 시에 "아란타 상인들이 나가
   사키에 와서 무역을 하면서 유곽의 여인들과 어울린다. 그들은 음탕한 것을 좋
   아하고 성을 잘 낸다. 이 시는 오오사카의 여인이 그 정부(情夫) 때문에 질투해서
   한 말이다"라는 주를 달았다. 아란타는 네덜란드를 말한다. 서양 사람의 푸른 눈
   을 유리알 같다고 한 표현이 재미있다.

聞歡下長崎, 莫戀長崎兒. 兒家阿蘭賈, 怒目如琉璃.

9

나니와 성에 살건만
나니와 시장은 구경도 못 가지.
상자에는 무엇하러
중국 비단 쌓아 두는지.[10]

儂居浪華城, 不見浪華市. 何故篋笥中, 積得蘇杭綺.

10

어쩌면 이리도 적나라할까
낭군이 품고 온 그림 펼치니.
부끄럼 모르는 낭군에 감발돼

---

10 나니와 성에~비단 쌓아 두는지: 신유한은 이 시에 "중국 비단은 나가사키에서
     가져온 것이다"라는 주를 달았다. '나니와'는 오오사카의 다른 이름이다. 번화한
     오오사카에 살지만 유곽에 갇혀서 밖으로 나다닐 수 없는 기생의 신세를 읊었다.
     나가사키의 상인들이 중국 소주(蘇州)·항주(杭州) 지방의 비단을 선물로 주었지
     만 정작 입고 나갈 수는 없는 신세인 것이다.

그림과 비교하며 즐긴답니다.[11]

的歷何的歷, 展郎懷中圖. 感君不羞赧, 較它作歡娛.

11

천금의 돈 아까워 말고
백 년 즐거움 제게 사세요.
도요토미 옛 궁궐의
미희(美姬)도 잡초에 묻혀 있거늘.[12]

莫惜千金産, 買儂百年歡, 豊臣舊宮殿, 野草埋粧鬟.

오오사카의 기생을 노래한 30편의 연작시의 일부이다. 오오사
카 유곽의 생생한 모습을 기생의 목소리로 노래했다. 1585년
도요토미 히데요시가 오오사카에 유곽(遊廓) 지대를 공인한

---

11 어쩌면 이리도~비교하며 즐긴답니다: 신유한은 이 시에 "일본 남자들은 반드시
　　 품속에 춘화도를 가지고 다니며 음란함을 더한다"라는 주를 달았다.
12 천금의 돈~잡초에 묻혀 있거늘: 신유한은 이 시에 "히데요시의 궁궐도 폐허가
　　 되었으니 인생의 즐거움도 잠깐에 불과하다. 기생의 말이 이와 같다"라는 주를
　　 달았다. 도요토미는 도요토미 히데요시를 말한다.

것이 일본 유곽의 시초이다. 도쿠가와 막부가 이것을 계승, 확대하여 18세기경에는 유곽이 전국 25개소로 늘어났다. 신유한은 이 연작시의 서문에서 유곽의 음란한 풍속을 기록하는 것은 어디까지나 교화의 방편일 뿐이라고 말하고 있다. 일본의 기생을 대상으로 한 자신의 시가 조선의 문인들에게 음란하다고 비난받을지도 모른다는 점을 염두에 두고 이런 서문을 썼다고 생각된다. 실제로 통신사 가운데 일본의 유곽을 사실적으로 묘사한 시를 남긴 이는 오직 신유한뿐이라는 점이 흥미롭다. 경직된 도덕군자가 아닌 자유로운 문인의 면모를 엿볼 수 있다.

남창을 노래한 시

서문

일본의 풍속은 음란한 것을 좋아한다. 내가 앞서 유곽의 남
녀에 대한 시를 지었는데 지금 또 보건대 남창(男娼)이 예뻐 여
자보다 더 요염하니, 음탕한 것에 탐닉하는 풍속이 몹시 심하다
는 것을 알 수 있다. 열서너 살에서 스물여덟 살까지의 미남자
들이 향기로운 기름을 머리에 발라 마치 옻칠을 한 듯 머리카락
이 검고 윤기 나며, 눈썹을 그리고 분을 바르고 알록달록 무늬
를 수놓은 옷을 입고 부채를 들고 서 있으면 참으로 아름다운
꽃 한 송이 같았다. 왕족과 귀족에서부터 부유한 상인에 이르
기까지 남창에게 재물을 쏟아 붓지 않는 자가 없어, 밤낮으로
반드시 함께하고 외출할 때도 따르게 한다. 심지어 남창의 애인
을 질투하여 죽이기까지 하니 풍속이 해괴한 것이 이와 같았다.
이것은 정욕을 따르는 행태 중에서도 이상한 것으로 중국의 정
나라와 위나라같이 음란한 지역에서도 볼 수 없던 것이다. 한
(漢)나라 애제(哀帝)가 동현(董賢)이라는 미소년에 빠져 국정을
소홀히 한 것을 사관(史官)이 비난한 적이 있는데, 바로 이런 일
을 말한 것인가!
　나는 다시 통역관의 말을 듣고 새 노래 열 편을 지어 앞의
시와 함께 남긴다. 유곽의 경우는 여자가 남자를 사모한 것이
요, 남창의 경우는 성인 남자가 소년을 사모한 것이니, 남창을

좋아하는 것도 그들의 본정(本情)이라면 본정이다.

1

남경(南京)의 비단 조선의 모시
화초 그린 경대는 8촌 남짓.
창루에 가지 않고 봄빛을 보며
그대 얼굴 보며 그대 옷을 만드네.[1]

南京畫錦朝鮮紵, 蒔薈粧奩八寸餘. 不向倡樓睹春色, 照君眉頬
製君裾.

2

황금 욕실 비단 가마
태수의 화려함 임금과 같지.
저물녘 취해 돌아오니 춘홍이 가득한데

---

1   남경(南京)의 비단~옷을 만드네: 신유한은 이 시에 "비단은 모두 남경에서 가지
    고 오고, 모시는 우리나라 것이 유명하다. 화초 그림이 그려진 일본 경대를 시회
    (蒔薈)라 한다. 8촌 경대는 경대 가운데 큰 것이다"라는 주를 달았다. 중국의 비
    단, 조선의 모시가 일본에서 사치품으로 인기가 있었음을 알 수 있다.

살결이 뽀얀 동자가 내 머리를 빗어 주네.²

黃金浴室錦肩輿, 太守繁華擬帝居. 日暮醉歸春興滿, 蠻童如雪
鬢新梳.

3

뉘 집 동자인지 나이는 열다섯
버들잎 같은 눈썹 새까만 머리.
황금 배 탄 수많은 손님들
다들 고개 돌려 실눈으로 보네.³

誰家童子年三五, 眉細垂楊髮卷鴉. 多小彎堤金舫客, 一時回
首眼纖斜.

---

2 황금 욕실~머리를 빗어 주네: 신유한은, "이 시는 태수와 귀족들이 모두 남창을
　　기르고 있음을 말한 것이다"라는 주를 달았다.
3 뉘 집~실눈으로 보네: 신유한은 이 시에 "이는 동자 가운데 노닐며 유혹하는 자
　　를 말한 것이다"라는 주를 달았다. 많은 사람의 시선을 단번에 사로잡는 미소년
　　의 아름다운 모습을 그린 시다.

4

주렴 달린 장막에다 류우큐우⁴산 자리를 깐
좋은 집에 그대를 고이 간직하네.
허리에 찬 석 자 검으로
미친 나비 봄꽃에 얼씬 못하게 하지.⁵

珠簾繡帳琉球席, 珍重藏君最好家. 自倚腰間三尺水, 不敎狂蝶
傍春花.

5

하늘에서 내려온 저 조선 사신
찬란한 의관이 신선 같구나.
소매 속 그림 부채 꺼내어
비단 자리 앞에 꿇어앉아 시를 청하렴.⁶

---

4   류우큐우(琉球): 지금의 오키나와 현(沖繩縣)에 있던 나라로 일본 및 중국과 교역
    을 했다.
5   주렴 달린~못하게 하지: 신유한은 이 시에 "류우큐우의 자리가 가장 좋기 때문
    에 일본인들이 많이 사용한다. 일본의 풍속은 아내에 대해서는 질투하지 않지만
    남창에 대해서는 질투해서 죽이는 일까지 있다"라는 주를 달았다.
6   하늘에서 내려온~시를 청하렴: 신유한은, "일본 남자들은 반드시 품속에 부채를
    품고 다닌다. 이 시는 일본 사람들이 우리나라 사신 행차를 신선인 양 바라본다

鷄林使者靑霄下, 燁燁衣冠似衆仙. 勸爾懷中抽畫扇, 錦茵前跪
乞詩篇.

6

오디주 매실주 익고 은어가 자랐으니
너를 태우고 물결 따라 닻줄을 푸네.
가을빛 수면에 비치니
푸른 적삼 옥동자가 바로 연꽃이라네.[7]

桑梅酒熟鰷魚大, 載爾隨波錦纜舒. 解道秋光浮鏡面, 綠衫紅
玉是芙蕖.

에도 시대 이전부터 일본에서는 남색(男色)을 탐하는 풍습이
있어서 신분이 높은 무사나 돈이 많은 상인들은 미소년을 여

는 것과, 나이 든 자가 동자를 시켜 사신의 시를 받아오게 하여 자랑거리로 삼음
을 말한 것이다"라는 주를 달았다.

7   오디주 매실주~바로 연꽃이라네: 신유한은 이 시에 "오오사카 사람들이 이런 놀
    이를 가장 좋아한다. 황금 배에 술을 싣고 옥동자에게 술을 따르게 하니, 참으로
    가을날 물에 뜬 연꽃 같다. 오디주와 매실주는 빛깔이 우리나라 소주와 같다. 일
    본에서는 은어를 조어(鰷魚)라고 한다"라는 주를 달았다. 푸른 적삼을 입은 앳된
    미소년이 배에 타고 있는 광경을 물 위에 핀 연꽃에 비유하였다.

자처럼 꾸며 사랑하였고 질투하여 서로 죽이는 일도 비일비재했다. 이러한 남색 풍조는 명청(明淸) 시대 중국에도 널리 퍼져 있었는데, 윤리 규범을 중요시하는 주자학의 영향력이 강했던 조선에서는 금기시되고 있었다. 나중에 신유한은 일본의 주자학자인 아메노모리 호오슈우에게 남색에 대해 묻는데, 유학자인 호오슈우마저도 남색을 즐긴다는 말을 듣고 아연실색한다. 남색 풍속이 해괴하다고 하면서도 배척하거나 무시하지 않고 이에 관한 시를 남긴 것이 흥미롭다.

에도에서 구경한 희극

식사를 마친 뒤 사신이 흑단령[1]을 입고 군대의 위용을 갖추고 군악을 울리며 쓰시마 태수의 집 연회에 참석했다. 종사관은 몸이 아파 함께 가지 못했다. 숙소에서 서남쪽으로 5리쯤 떨어진 태수의 집은 문과 담벼락, 누각 등이 몹시 화려하고 기묘했다. 꽃으로 장식한 연회용 상에 차린 것이 쓰시마에서 연회를 벌였을 때와 같았다. 술을 아홉 잔씩 돌리고 연회는 끝났다.

쓰시마 태수가 사신에게 편한 옷을 입고 별관(別館)에 나가서 공연을 구경할 것을 청하기에 우리는 걸어서 바깥채로 나갔다. 다른 수행원들도 모두 따라왔다. 바깥채 앞 예닐곱 걸음 떨어진 곳에 화려하고 탁 트인 작은 행랑채가 있었는데, 악공 대여섯 명이 비파, 피리, 장구 등을 들고 앞줄에 줄지어 앉아 있었고, 노래하는 사람이 또 몇 사람 있었다. 비파는 우리나라의 해금과 모양이 비슷했는데 몸통 부분에 줄이 있어 채를 가지고 탄다. 장구는 '부'[2] 모양인데 크기는 작았으며 왼손으로 허리 부분을 잡아 어깨 위에 올려 메고 오른손으로 두드리니, 이른바 '질장구'라 하는 것이다. 장구를 치는 자가 미친 듯 소리를 지르는

---

1   흑단령(黑團領) : 조선 시대 관리가 입었던, 깃을 둥글게 만든 검은 옷.
2   부(缶) : 흙을 구워 화로 모양으로 만든 타악기로, 아홉 갈래로 쪼개진 대나무 채로 쳐서 소리를 낸다.

것이 마치 흥이 날 때 허벅지를 치며 얼씨구 소리를 지르는 것 같기도 하고 개 짖는 소리나 학이 우는 소리 같기도 하여 나도 모르게 웃음이 나왔다.

피리는 길이가 한 자도 안 되는데 가을날 풀숲에서 귀뚜라미가 우는 듯한 소리가 났다. 노래하는 사람은 악보를 앞에 놓고 한 장씩 넘겨가며 노래를 부르는 모습이 마치 책을 읽는 것 같았다. 노랫소리는 절에서 부르는 범패와 비슷했다. 춤은 예닐곱 살쯤 되는 미소년 열 명이 췄다. 모두들 눈썹을 그리고 분홍색 분을 바르고, 검고 윤기 나는 머릿결에 무늬가 있는 오색(五色)의 비단옷을 입은 것이, 멀리서 보면 요염하기 그지없는 여인 같았다. 밖에서 옷을 갖추어 입고 들어와 주변을 돌면서 어지러이 걸어다니며 음악 소리에 맞추지 않고 몸을 낮추었다가 솟구치는 것이 우리나라 기녀들이 추는 오방신무(五方神舞)와 흡사했다.

춤추는 사람들이 잠시 뒤에 나가서 옷을 갈아입고 들어왔는데 옷차림이 더욱 농염했다. 머리에 쓴 누런 두건이 높이는 한 자 가량이나 되었지만 둥글고 곧아 기울어지지 않았다. 손에는 길이가 대여섯 자쯤 되는 검은 나무 장대를 잡고 있었다. 장대를 들어 허공을 가리키면서 발뒤꿈치를 들고 팔을 휘두르며 창으로 치고 찌르는 흉내를 내었다. 잠시 후 누런 두건이 스르르 흘러내리자 형형색색의 꽃이 머리에 만발하였다. 꽃은 일산³ 모

---

3   일산(日傘): 햇볕을 가리기 위해 세우는 큰 양산.

양이었는데, 다 펴지고 나면 화관(花冠)이 되었다. 몸과 그림자가 함께 너울너울 춤을 추다가 홀연 화관을 장대 끝으로 옮겨 붙이자 보배로 장식한 일산 같았는데 그것을 받들고 서서 춤을 추었다.

한참 만에 춤추는 사람들이 또 나가더니 열 사람 중에 다섯 사람은 기녀 차림을 하고 나오는 것이 완연히 유곽에서 교태를 부리는 모습이었다. 나머지 다섯은 소년 협객처럼 꾸미고 나오는 것이 또한 방탕한 오입쟁이의 모습이었다. 무리를 나누어 들어올 적에 화려한 옷이 햇빛에 아롱거렸다. 좌우로 마주 서서 소매를 벌리지 않고 몸을 돌리고 발을 옮기며 느리게 걷다가 빠르게 달리다가 하며 춤을 추었다. 마치 눈송이가 날리고 꽃잎이 떨어지는 광경 같았다. 이윽고 춤사위를 바꾸어 남녀 간에 관심을 보이며 추파를 던지는 몸짓을 했다. 봉행[4]인 다이라 사네나가(平眞長)가 이렇게 물었다.

"이 춤은 유곽에 있는 여인들의 색정을 표현한 것인데 조선의 기생들 역시 이렇습니까?"

나는 이렇게 대답했다.

"옷차림은 다르지만 하는 짓은 똑같군요."

"학사님도 평소에 이런 흥취를 즐기시는지요?"

"세상에 철 심장과 돌 창자를 가진 사람이 없거늘 난들 어찌 모르겠소. 다만 스스로 삼가고 두려워할 뿐이지요."

---

4 봉행(奉行) : 부서 혹은 직무의 책임자를 가리키는 말.

내가 이렇게 대답하자 다이라는 크게 웃었다.

이윽고 구경거리가 점점 외설스러워지자 사신이 음란한 유희는 보고 싶지 않다고 분부했다. 그러자 일본 측에서는 춤추는 사람들에게 즉시 명령하여 춤을 멈추고 물러가게 했다.

음악이 그치고 연극이 시작되었는데 우리나라의 꼭두각시 놀이와 비슷했다. 행랑 가운데에 장막을 설치하자 어린아이를 안은 사람이 나왔다. 아이가 귀여워 사랑스럽다 싶더니 어느새 아이가 칼로 변하여 번쩍였다. 칼등을 퉁기자 부스러지면서 다시 기이한 꽃이 만발한 나뭇가지로 변하였고 후하고 불자 가을 바람에 낙엽이 떨어지듯 흩어졌다. 또 화려한 누대와 금빛 집이 창졸간에 장막 위에 세워져, 보이는 것마다 요사스러웠는데 멀리서 바라보니 마치 절 같았다. 집 가운데에는 사람은 없고 등불만 타고 있더니 얼마 되지 않아 다시 낙엽이 되어 우수수 떨어졌다. 이와 같은 구경거리가 여러 가지였는데 자잘한 요술이라 그다지 볼만한 것은 없었다. 날이 저물어서야 공연을 마쳤다.

쓰시마 태수가 다시 별식을 준비하여 안채에서 대접하였다. 주위의 동산과 누각 등 놀 만한 곳의 규모가 쓰시마의 관아(官衙)보다 몇 배는 커 보였다. 들자하니 번주(藩主)가 자신의 처첩을 데리고 다니는 것을 막부가 법으로 금하고 있기 때문에 쓰시마 태수의 처첩도 모두 에도의 저택에 있다고 한다. 그래서 각 번(藩)의 번주들은 쓰시마에서 에드에 이르기까지 이름난 성과 큰 도시 곳곳에 저택을 마련해 첩을 두고 있다고 한다.

신유한이 처음에 구경한 희극은 가부키(歌舞伎)인 듯하다. 가부키는 에도 시대 상인 계층인 조오닌(町人) 사이에서 성행한 악극으로, 유곽에서의 치정을 다룬 세속적인 내용과 화려하고 감각적인 연출로 많은 인기를 끌었다. 원래 여배우가 출연하였으나 막부가 음란하다는 이유로 이를 금지시키자 17세기 중반경부터 미소년들을 여인으로 분장시킨 와카슈카부키(若衆歌舞伎)가 등장하였다. 일본에서 구경한 연극을 생동감 있게 묘사한 글로, 신유한의 필력을 엿볼 수 있다. 외설스럽다고 해서 배척하거나 무시하지 않고 상세하게 기록하고 있는바, 다른 통신사 기록에서는 잘 볼 수 없는 내용을 담고 있어 주목된다. 10월 9일의 일이다.

일본의 음식 문화

일본에서 음식 차리는 것을 살펴보면 밥은 두어 홉을 넘지 않고 반찬도 두어 가지에 지나지 않아 몹시 간소하다. 다 먹으면 다시 덜어서 먹기 때문에 남기는 일이 없다. 밥을 먹은 뒤에는 청주를 마시고 그 다음에는 과일을 먹으며 과일을 먹은 다음 차를 마시고 나서야 식사가 끝난다.

술은 제백주(諸白酒)를 최고로 치는데 백미 누룩을 백미 밥에 섞어 빚은 술이라서 제백주라 한다. 매실주, 오디주〔桑酒〕, 인동주(忍冬酒), 복분주(覆盆酒)는 모두 맛이 좋고 향이 진하다. 연주(練酒)는 우리나라의 이화주(梨花酒)와 같다. 장(醬)은 콩가루를 섞어서 만들었으며 맛이 약간 시고 빛깔이 거칠다.

떡은 우리나라의 인절미 같은 것이 많다. 사사치마키(篠粽)라는 이름의 떡은 우리나라의 가래떡과 비슷하며 대나무 잎으로 싸서 쪄 낸다. 모양은 죽순 같고 열 개씩 묶어 한 다발이 된다. 우이로오모치(外郞餠)란 것은 사사치마키와 비슷하되 길이가 한 자 남짓 된다. 네모지고 마디가 있으며 붉은빛에 단맛이 난다. 대나무 잎으로 싸는데 모양이 대나무 장대 같으므로 남에게 줄 때는 한 칸, 두 칸이라고 센다.

만쥬우(饅頭)는 우리나라의 상화병[1]과 비슷한데 겉은 희고

---

1   상화병(霜花餠) : 밀가루를 누룩이나 막걸리와 함께 반죽하여 부풀린 다음 꿀팥으

안은 검으며 맛이 달다. 요오메이토오(養命糖)란 것은 우리나라의 흰 엿 같지만 부드럽고 들러붙지 않는다. 규우히아메(求肥飴)란 것은 흑당(黑糖)의 한 종류로 마치 약을 달여 놓은 듯하다. 센야아메(淺冶飴)란 것은 천문동²에 설탕을 섞은 것이고, 도오코오(唐糕)는 우리나라의 설고³와 비슷하다. 엿을 섞어 단맛을 낸 다음 참깨를 입혔는데 가장 맛있었다. 또 히가시(干菓子)라는 것이 있다. 원래는 히가시(乾菓子)인데 일본에서는 '바삭하게 말라 있다'는 뜻의 '乾'(간) 자를 '干'(간)이라고도 쓴다. 이 과자는 설탕물에 밀가루를 섞어 만든 것으로서 모난 것과 둥근 것, 크고 작은 것이 섞여 있으며, 색은 푸르고 붉고 알록달록하고 희고 혹은 금은빛이 도는 게 우리나라의 빙사과⁴나 약과와 비슷했지만 기름에 튀기지는 않는다.

면에는 시멘(絲麵)과 소오멘(索麵)이 있는데, 약간 가는 것을 소오멘이라 하고 매우 가는 것을 시멘이라 한다. 칡가루에 메밀을 섞어서 면발이 길어도 끊어지지 않으며 긴 면발을 접어서 포개어 사리를 만든다. 찍어 먹는 국물은 흰색인데 맛이 아주 좋다. 떡국은 둥글고 두터운 찹쌀떡을 두 개 넣어 물과 장을 탄 것인데 신맛이 조금 나지만 먹을 만했다.

로 만든 소를 넣고 시루에 찐 떡.
2   천문동(天門冬): 바닷가에서 자라는 약초. 뿌리를 채취하여 진해·이뇨·강장제로 사용한다.
3   설고(雪餻): 백설기. 멥쌀가루에 설탕물을 내려서 찐 떡.
4   빙사과(氷沙菓): 찹쌀 바탕을 팥알만 하게 만들어 튀기거나 강정을 만들고 남은 부스러기를 튀긴 후, 엿물에 굳혀 네모지게 썬 유과의 한 종류.

반찬거리로는 스키야키[5]라는 것이 맛있다. 생선, 고기, 야채 등 여러 가지 재료를 섞은 다음 술과 장을 타서 오래 끓인 것인 데 우리나라의 잡탕과 비슷하다. 옛날에 일본인들이 삼나무 아래에서 비를 피하다가 배가 고파지자 각기 가지고 있던 재료를 하나씩 내어 한 냄비에 넣고 삼나무로 불을 지펴 끓여 먹었는데 맛이 매우 좋았다. 그 후로 이 요리를 '삼나무로 끓인 음식'[杉煮]이라 했다고 한다. 일본말로 삼나무를 '스기'라 하므로 일본에서는 이 음식을 '스키야키'라 한다. '야키'는 굽는다는 뜻인데 끓인다는 뜻의 '자'(煮) 자를 잘못 읽은 것이다. (…)

음식을 담는 그릇 중에 스기쥬우(杉重)란 것이 있는데 삼나무 판으로 만든 찬합 세 개를 포개어 한 조로 삼는다. 제일 위에는 떡 등을 넣고 가운데 함에는 과일과 나물을 넣고 아래에는 생선과 육류를 넣은 다음 여러 색이 들어간 끈으로 묶어 허리에 맨다. 편백나무로 만든 찬합은 히노키쥬우(檜重)라 하고 백목(白木)으로 만든 찬합은 시라오레(白折)라 하며 색을 칠한 찬합은 하나오레(花折)라 한다. 다섯 층이나 되는 큰 찬합은 히츠(櫃)라 한다. 술을 따를 때는 '잇카'(一荷), '니하'(二荷)라 한다. 일본인들이 물건을 운반할 때 반드시 어깨에 메는데[荷], 장대의 앞뒤에 통을 하나씩 달고서 메기 때문에 '잇카'라고 하는

---

5   스키야키(杉煮) : 일본의 대표적인 전골 요리인 스키야키를 말한다. 육고기를 어
     패류나 야채 등과 함께 자작한 간장 국물에 끓여서 먹는다. 1643년에 간행된 요
     리책에 실려 있을 정도로 오래된 일본의 전통 음식이다.

것은 두 통의 술을 말한다. 이것 이외에 국이나 밥, 술과 과일을 담는 그릇은 모두 붉고 푸르스름하며 검은빛이 도는 나무 칠기를 사용한다. 간혹 흰 빛깔이 도는 쇠로 된 용기를 사용하기도 하지만 본래부터 놋그릇은 쓰지 않는다.

연회에서 술을 따를 때는 도자기 잔을 쓴다. 찰기가 있는 붉은 흙을 구운 것인데 모양이 접시와 비슷하다. 생김새가 매우 질박하여 위로는 임금으로부터 아래로는 백성에 이르기까지 모두 이 잔으로 술을 주고받으며 존경을 표한다. 이것은 손님과 주인 사이의 예절에서 시작된 것으로, 주인과 손님 사이는 진실한 마음을 중시하기 때문에 쓸데없이 꾸미지 않은 예스럽고 질박한 술잔을 쓴다고 한다. (…)

일본인들은 고래회를 가장 귀중하게 여겨서 비싼 값으로 사들여 손님을 접대하는 데 사용한다. 그러나 먹어 보니 부드럽고 미끄러우며 기름지기만 할 뿐 별다른 맛이 없었다. 나는 통역에게 물었다.

"듣자 하니 일본에서는 큰 고래 한 마리를 잡으면 평생 부유하게 살 수 있다고 하던데, 정말 그런가?"

"부유한 게 어찌 한평생뿐이겠습니까? 후손까지 부유할 수 있습니다. 지체 높은 집안에서는 고래회, 고래 젓갈을 최고의 명품으로 여겨 천금을 아끼지 않고 사들입니다. 또 일본의 등잔은 모두 고래 기름을 쓰는데 주먹만 한 고래 고기 한 덩어리에서 기름 한 사발은 족히 얻을 수 있으니 기름을 팔아 벌 수 있는 것만 해도 당장 만 금이나 됩니다. 게다가 고래 이빨, 기름, 등지느러미, 수염 등도 다 물건을 만드는 데 쓸 수 있으니 그 이익이 막대합니다. 바닷가에 사는 사람들 중에 전문적으로 고래를 잡는 사람이 있어 사람들을 모으고 재물을 쏟아 부어 그물과 기구를 설치하지만 그중에 고래를 잡아 부자가 된 사람은 적습니다."

일본인들은 칡가루를 잘 만든다. 칡뿌리를 물에 담갔다가 두들겨 가루로 만드는데 곱고 부드러우며 흰 빛깔이 난다. 단맛이 나고 성질이 차가워 면을 만들어 먹으면 가장 좋다. 녹두 가루는 우리나라처럼 곱게 만들지 못한다. 그래서 쓰시마에서 에도에 해마다 바치는 녹두 가루는 모두 조선의 것이라 한다.

신유한은 『해유록』의 부록으로 일본의 풍속, 문물, 역사, 인물 등을 항목별로 따로 정리하여 「문견잡록」(聞見雜錄)을 만들었다. 이 글은 그 가운데 음식에 관한 내용을 발췌한 것이다. 일본 측은 통신사 접대를 위해 엄청난 비용을 들였다. 1711년에 통신사행을 접대하기 위해 지출한 비용이 금 1백만 냥, 지금 돈으로 환산하면 최소 1백억 엔에 달했다고 한다. 특히 통신사가 머무는 각 지역에서 벌어졌던 연회에서는 에도 시대 귀족만이 누릴 수 있는 최상급 수준의 요리를 대접하였는데, 7·5·3선(膳)이라고 하여 한 번의 연회에서 반찬의 가짓수가 7개, 5개, 3개인 상차림이 모두 합해 7번이나 나왔다고 한다.

밀감 향기로 지은 시

계속 비가 부슬부슬 내렸다. 일찍 출발하여 십여 리쯤 가자 시골 마을에 귤나무, 유자나무, 홍귤나무가 서 있는 것이 보였다. 오는 길에는 가지 가득 파란 열매가 주렁주렁 달려 있었지만 아직 익지 않아서 먹을 수 없었는데, 지금은 샛노랗게 익어 그윽한 향기가 옷자락에 스며들었다. 홍귤 가운데 맛이 달고 시원한 것을 일본 사람들은 '미캉'(蜜柑: 밀감)이라 부른다. 나무 그늘을 지나갈 때마다 일본인들이 밀감 수십 개를 가지째 꺾어 가마 안에 넣어 주었다. 잎을 훑어 열매를 씹자 향기로운 과즙이 마른 목을 적셔 와 문득 온몸에 맑은 바람이 드는 듯하였으니, 신선인 안기생(安期生)[1]이 먹었다는 대추가 다시는 부럽지 않았다. (…)

검은 구름이 하늘을 덮었다. 사방 들판은 추수를 모두 끝냈고, 흙이 깊어 밭 가는 사람의 무릎까지 흙에 빠졌다. 농토의 네 귀퉁이가 네모반듯한 것이 마치 두부를 잘라 놓은 듯했다. 일본에서 농토를 경영하는 것이 대개 이와 같았다.

아카사카(赤坂)에서 점심을 먹고 저녁 때 오카자키(岡崎)에 도착하였는데 길가 가게에서 밀감을 산처럼 쌓아 놓고 팔고 있

---

[1] 안기생(安期生): 중국 진(秦)나라 때 사람으로 신선이 되었다고 전해진다. 그가 먹는 대추는 참외만큼 크고 몹시 향기로웠다고 한다.

었다. 문인이나 시를 지을 줄 아는 승려들이 와서 환대할 때에
도 꼭 밀감을 대나무 광주리에 넣어 가지고 와 자리에 놓고 술
안주로 삼았는데, 푸른 잎이 붙어 있어 제법 운치가 있었다. 어
떨 때는 내가 밀감 한 광주리를 몽땅 먹어 치우기도 했다. 그러
다 보니 밀감을 소재로 지은 시가 많았다. 때로는 웃으며 이렇
게 말하기도 했다.

"배 속에 든 시가 모두 가을 향기를 좋아하니, 마치 꿀벌이
꽃에서 꿀을 얻는 것과 같구먼."

그러자 일본인이

"공의 시는 귤 속에서 나온 신선 같다고 해야 마땅하겠습니
다."

라고 하여 또 웃었다.

귤에 얽힌 소소한 이야기를 정감 있게 풀어내고 있다. 고된 임
무 중에도 여유를 잃지 않는 모습이 엿보인다. 당시 귤은 조선
에서는 귀한 과일이었는데 일본에는 지천에 널려 있어 신유한
이 마음껏 먹을 수 있었다. 귤 속에서 나온 신선 운운한 것은
중국 파공(巴邛) 지방 사람의 정원에 큰 귤이 있었는데 그것을
가르자 두 노인이 그 속에서 바둑을 두고 있었다는 전설에 근
거한 말이다. 일본인의 재치 있는 대답이 재미있다. 10월 17일
과 24일, 에도에서 국서(國書)를 전달하고 오오사카로 돌아가
는 도중의 일이다.

일본인의 기호품 차와 담배

일본에서는 높은 사람 낮은 사람 가릴 것 없이 모두 물을 그냥 마시지 않고 반드시 차를 끓여 마신다. 그래서 집집마다 차를 저장하여 곡식보다 더 중요하게 생각한다. 차는 작설차(雀舌茶) 종류이다. 푸른 싹을 따서 두들겨 말린 다음 고운 가루로 만들어 따뜻한 물에 타서 마시기도 하고, 혹은 긴 잎을 뜨거운 물에 끓여서 찌꺼기를 건져 내고 마시기도 하는데 식후에는 반드시 한 사발씩 마신다. 화로를 놓고 차를 끓이는 가게가 시장과 길거리에 끝없이 이어져 있다. 통신사 일행 모두에게 날마다 공급되는 양이 녹차 한 홉, 엽차 한 묶음이고, 사행 도중에 들르는 관사마다 따로 차 끓이는 승려를 두어 밤낮으로 물을 끓여 대접하게 하고 있다. 일본의 풍속 중에서 차 마시는 것이 가장 일상적인 예법이다.

우리나라의 이른바 남초(南草: 담배)라는 것은 본래 동래(東萊)에 있는 왜관에서 얻어 온 것이 시초이다. 사람들이 남초를 '담마고'라 부르는 것은 일본어 '타바코'(多葉粉)의 음이 잘못 전해진 것이다. 일본인들도 우리나라처럼 속어로 부르는데 이 말의 원래 뜻은 잎이 많은 풀을 따서 가루로 만들었다는 것이다.[1]

---

1   일본인들도 우리나라처럼~만들었다는 것이다 : 일본어 '타바코'(多葉粉)는 포르투갈어 'tabaco'와 비슷한 음을 가진 한자를 빌려다 표기한 것으로, 글자대로 풀

담배를 만드는 과정을 보니 담뱃잎을 찐 다음 말려서 독기를 없
애고 실처럼 가늘게 썬다. 한 사람이 담뱃대 두 개를 가지고 다
니면서 번갈아 피워, 뜨거운 연기가 목구멍에까지 올라오지 않
도록 하였으니 일본인들의 빈틈없고 세세한 것이 이와 같다.

에도 시대에 차와 담배는 신분의 고하를 막론하고 모두가 즐
기는 기호품이었다. 저자와 도로에는 찻집이 즐비했으며 조그
만 화로를 가지고 다니며 노상에서 차를 끓여 파는 이들도 있
었다. 담배는 16세기 후반 포르투갈에서 약재로 수입되다가
후에 조선에까지 전해졌다. 일본에서 전해진 담배는 조선 후
기에 크게 유행하여 남녀귀천을 막론하고 모두 즐겼다고 한
다. 담배를 피우는 습관에서 일본인들의 세세하고 빈틈없는
성품을 발견하는 신유한의 시선이 예사롭지 않다. 「문견잡록」
의 기록이다.

이하면 이런 뜻이 된다.

반드시 무릎을 꿇고 앉는 이유

앉을 때 반드시 무릎을 꿇고 앉는 것이 일본의 풍속이다. 남녀노소와 귀천을 가리지 않고 앉을 때면 반드시 꿇어앉는다. 길가에서 술을 파는 여자건 밭에서 곡식을 거두는 사람이건 반드시 두 무릎을 땅에 대고 옷을 여미고 앉는다. 그들의 법도를 살펴보건대 예의를 차리느라 그러는 것은 아닌 듯하다. 그들이 입는 옷에는 섶[1]이 없고 아래에는 바지나 잠방이가 없다. 그러니 꿇어앉지 않으면 은밀한 곳을 가리기 힘들다. 그래서 부득이하게 꿇어앉는 법도가 생겨났고 그것이 습관처럼 되어 버린 것이니 몹시 우스운 일이라 하겠다.

관백의 성에서 정무를 담당하는 신하들과 관백의 측근들은 공복(公服)을 입는다. 나무 판을 댄 바지[2]를 입었는데 바지가 짧아 꿇어앉기 불편하므로 두 다리 사이에 흰 베를 두어 자 늘어뜨렸다. 긴 바지를 입었을 때에는 그 길이가 발을 지나 한 자 남짓 더 나올 정도여서 땅에 질질 끌고 다녔다. 이들이 움직일 때마다 슥슥 소리가 나고 자리에 앉으면 옷 때문에 어지러운데도 일본인들은 이렇게 하는 것이 상대방을 공경하는 것이라

---

1 섶: 저고리나 두루마기의 깃 아래쪽 부분.
2 나무 판을 댄 바지: 일본 무사들의 공식 복장을 가미시모(裃)라 한다. 가미시모를 입을 때는 허리 뒤쪽에 고시이타(腰板)라는, 천으로 싼 판자를 댔다.

생각한다. 각 주 태수의 집에서도 섭정[3] 이하의 신하들이 모두
이와 같은 복장을 하고 있다. 그 법도를 보건대 일본인들이 날
래서 흉기로 사람을 찌르는 데 능하기 때문에 높은 지위에 있는
자들이 무슨 변을 당할까 염려하여 신하로 하여금 걸어다니기
불편하게 하고 몸을 자유롭게 움직이지 못하게 하여 대면한 자
리에서 감히 일을 저지르지 못하게 한 것이다.

또한 일본의 예법에 맨발로 다니는 것을 공손하다고 여기
기 때문에 신분이 낮은 이들은 평생 버선을 신어 보지도 못한
다. 각 주에서는 섭정 이하 여러 신하들이 태수를 알현할 때 맨
발로 나아가며 태수가 관백을 알현할 때에도 맨발로 나아가니
실소를 금할 수 없다. 사행 길에 지나는 역의 벽에 붙어 있던 그
림 가운데 천황이 놀러 나가는 광경을 그린 것이 있었는데, 금
과 은으로 장식한 수레가 몹시 화려한데도 앞뒤에서 따르는 신
하들은 붉은 옷과 검은 옷을 입고는 흰 베를 땅에 질질 끌면서
관백의 궁궐에서와 마찬가지로 모두 맨발로 옹기종기 걸어가니
해괴하게 보였다. 그러나 일본인들은 모두 그 그림을 보고 천상
의 신선이나 본 듯 좋아했다.

지금도 일본에는 꿇어앉아서 손님을 맞이하는 풍습이 남아 있
어, 이것을 본 외지인들은 당황하는 경우도 있고 지극히 공손

---

3   섭정(攝政): 태수의 업무를 대신하는 신하.

하다고 생각하여 감동하기도 한다. 하지만 신유한은 이러한 풍습의 이면에 있는 일본 무가(武家) 사회의 특성을 예리하게 꿰뚫어 보면서 일본인의 끓어앉는 예절이 진정성이 담긴 것이라기보다 무가 사회의 복식 문화에서 생겨난 관습일 뿐이라고 추론하고 있다. 또 성안에서 긴 바지를 끌고 다니게 한 것이 하극상을 막기 위한 방편이라는 점을 간파한 것에서도 그의 날카로운 통찰력을 엿볼 수 있다. 「문견잡록」의 기록이다.

정교하고 청결한 집

일본에서 궁궐과 집을 만드는 제도를 보면 정갈하고 깨끗하게 하는 것에 힘을 가장 많이 쏟는다. 건물에는 단청을 사용하지 않고, 기둥과 들보는 섬세하며, 기와는 가벼운 대신 꼼꼼하게 이었고, 지붕마루는 높게, 처마는 나직하게 만든다. 지붕에는 나무조각이나 나무껍질을 이기도 하는데 비늘처럼 빽빽하게 얹는 작업을 공들여 치밀하게 하기 때문에 견고하다. 초가지붕도 대단히 높이 쌓아 올려 마치 동이를 엎어 놓은 듯한데 40～50년은 간다고 한다. 나무판자로 벽을 만들되 한 면마다 반드시 세 개의 미닫이문을 설치하여 밀고 닫으며 우리나라처럼 문고리나 지도리를 사용하지 않는다. 집 한 칸의 넓이는 모두 3보(步)[1] 정도인데 나라 안이 모두 동일하여 털끝만큼도 차이가 없으며, 칸 하나에 다다미[2] 석 장을 까는 것 역시 모두 통일되어 있다. 미닫이 문이건 다다미건 하나가 못 쓰게 되면 다른 데서 사다가 쓰더라도 조금의 차이도 없이 꼭 맞으니 일본에서 사용하는 척도가 얼마나 정확한지 알 수 있다.

집을 지을 때는 복도와 부엌, 욕실 등을 모두 한 지붕 밑에

---

1 3보(步) : 1보는 6척이니, 대략 180cm이다. 3보는 약 5미터 정도이다.
2 다다미(疊) : 일본 전통 가옥의 방바닥에 까는 두꺼운 돗자리. 짚을 두껍게 넣고 위에는 돗자리를 대어 사방을 꿰맸다. 대체로 가로 90cm, 세로 180cm, 두께 4～6cm로 규격화되어 있다.

배치하여 집 한 채의 크기가 수백 보에 이르기도 한다. 방에서 나오면 아담한 담이 그림처럼 펼쳐지고 네모난 연못은 마치 거울 같다. 또 돌아서 겹겹의 문을 지나면 신기하게 생긴 바위와 대나무와 이름난 꽃들이 집 주위를 에워싸고 있다. 깊숙이 들어가 행랑을 지나 침실에 들어가면 비단 휘장에 붉은 담요를 깔고 무늬가 아름다운 나무로 벽을 꾸며 놓았으며 벽에 붙여 놓은 침상은 기대기도 좋고 눕기도 좋게 되어 있다. 구조가 복잡하여 어디로 들어와서 어디로 나가야 할지 모를 정도이다.

처마 끝에는 긴 홈을 설치하여 떨어지는 빗물을 받도록 하고, 지붕 끝에는 물통을 두어 화재에 대비했다. 뜰에는 잔돌을 깔아 비가 올 때 다녀도 진흙이 묻지 않게 하였으며, 복도에는 등을 달아 밤에 다녀도 불편하지 않게 했다.

이것은 도성과 지방에 있는 부귀한 자들의 집을 대략 살펴본 것이다. 관백이 거처하는 성의 경우 정갈하고 치밀한 것은 더할 나위 없지만 넓고 웅장한 것이 부족하고 실내 장식도 지방의 관사와 별다를 게 없다. 일본인들이 정교한 것을 숭상할 뿐 예법에는 어둡다는 것을 알 수 있다. 왕의 거처를 꾸미는 제도를 따로 정하지 않아 부유한 평민들이 사치스럽기가 왕이나 제후와 똑같으니 무질서한 것이 이와 같다. (…)

여름에 파리와 모기가 매우 드무니, 이는 실내가 정결하여 지저분한 물건이 없기 때문이다. 고기나 생선이 부패하면 바로 땅속에 묻으며 변소의 냄새나는 오물은 바로 밭으로 내가니 파리와 모기가 생길 수 없는 것이다. 일단 모기가 생기면 파란 색실과 모시로 모기장을 만들어 사방 네 모퉁이의 나무에 거는데 그 높이는 사람이 앉았다 일어났다 할 수 있을 정도이고 너비는 한 사람이 누워 잘 수 있을 정도이다.

변소를 항간에서는 '셋친'(雪隱)이라고 한다. '셋친' 옆에는 반드시 욕실이 있는데, 욕실 가운데 나무통을 설치하여 물을 담아 놓는다. 그 옆에는 상이 하나 있고 상 위에는 두어 자 되는 흰 모시를 놓아두었다. 남녀가 교합하는 방에도 이런 것들이 있다고 한다.

산 좋고 물 좋은 곳에는 반드시 말쑥하고 깨끗한 암자나 작은 집이 있어 마치 신선이나 도사가 사는 곳 같다. 그리고 반드시 관백 이하 각 주의 태수가 설치한 찻집이 있으니, 그들이 유숙하면서 차를 마시거나 음식을 먹는 곳이다. 또 길가 양 옆에 간간이 초가 한두 칸을 별도로 지어 놓았는데 몹시 아름다워 쉬었다 갈 만했다. 물어보니 지체 높은 이들이 길을 갈 때 사용하는 변소라고 한다.

일본의 청결하고 편리한 주거 문화에 대한 상세한 기술이다. 일본인들이 집을 짓는 것이 몹시 치밀하고 견고하다는 점에 주목하거나 창틀이나 문, 바닥에 까는 다다미 등의 규격이 모두 통일되어 있어 언제든지 편리하게 교체할 수 있다는 점을 지적한 것에서 이용후생(利用厚生)에 대한 신유한의 관심을 엿볼 수 있다. 「문견잡록」의 기록이다.

아기자기한 생활용품

일본의 풍속을 말하자면 아롱다롱한 빛깔을 숭상하고 단 맛을 좋아한다. 음식은 고래회를 제일로 치며 깔개는 붉은 담요를 으뜸으로 친다. 그 밖의 온갖 물건에 있어 다 가볍고 간결한 것을 숭상한다.

일하는 사람을 보면 두 끼 세 끼 밥을 먹는 일이 없으며, 우리나라의 관리처럼 아침저녁으로 집에 들어와 밥을 달라고 청하는 사람도 없다. 다만 배가 고플 때 동전 몇 개를 가지고 기름에 튀긴 떡 한 개나 구운 토란 두세 개를 사 요기한다. 이른바 고을 수령의 음식 도구라는 것도 반장(飯藏) 하나뿐이다. 반장은 나무로 만든 조그만 찬합으로, 높이는 한 자가 채 안 되며 넓이는 가로세로 몇 치 정도이다. 그 속에는 붉고 검게 옻칠을 한 나무 숟가락과 작은 접시 등이 들어 있는데 크기가 작고 네모지거나 둥근 모양이다. 거기에 밥, 반찬, 국수, 과일, 차, 술을 담는데 그 양이 몹시 적다. 아무리 높은 관리가 명령을 받들어 길을 가더라도 스스로 반장을 가지고 다니며, 그 외에는 각 지역의 역참에서 번거롭게 접대하지 않아도 된다. 입는 옷도 두세 종류뿐이며, 그 외에는 머리에 갓이나 모자를 쓰지 않고 발에는 검은 가죽신을 신지 않는다.

밥 짓는 기구도 모두 얇고 가벼우며 정교하게 만들어서 나무 반 짐만 있으면 밥과 국을 다 끓일 수 있다. 또 온돌을 놓고 불을 때는 법이 없다. 따라서 한 사람이 하루 먹는 데 드는 비용이 동전 몇 닢과 땔나무 반 짐에 지나지 않으며, 한 해 동안 입는 옷이라 해 봐야 은 한두 냥이면 마련할 수 있으니, 식구가 많고 세금이 무겁다 해도 사람들이 입고 먹는 데는 지장이 없으며 땔나무가 귀하다 해도 부족한 지경에 이르지는 않는다. (…)

일본의 풍속은 정교한 기술을 숭상한다. 때문에 여자들이 짜는 비단 같은 것으로 말하면 몹시 정교하고 가볍다. 몇 치 정도 되는 작은 함이 있는데 그 속에 일용 도구를 담아서 가슴 속에 품고 다닐 수 있다. 화초와 같은 식물도 자연 그대로 두는 것이 없고 반드시 가지와 잎을 펴거나 오므려서 깃발이나 양산, 여러 층의 탑 같은 모양으로 만든다. 나무는 용이 서린 듯 봉황이 나는 듯한 모양으로 만들고 풀은 네모난 평상이나 둥근 항아리 모양으로 만들어 놓으니 사람들이 이것을 보면 깜짝 놀라며 웃게 된다. 조화(造花)가 마치 진짜 꽃 같아서 구분하기 어려울 정도이니, 일본인들의 천성이 정교하고 인위적인 것을 좋아하여 천연(天然)을 따르지 않음이 이와 같다.

조선에 비해 일본의 생활 습관이 몹시 검소함을 지적하고 있다. 관리들조차 출장 중에는 도시락을 싸서 다닌다고 지적한 점이 흥미롭다. 조선의 관리들과는 사뭇 다르다고 생각한 모양이다. 일본 문화가 전반적으로 기교적이고 인위적인 미를 추구하는 것은 예나 지금이나 다르지 않은 듯하다. 반면 조선의 문인들은 소박하고 자연스러운 미감을 중시하였기 때문에 있는 그대로의 자연스러움에서 발견하는 아름다움이 가장 진실하다고 생각했다. 「문견잡록」의 기록이다.

나니와 강의 황금 배

나니와 강의 황금 배

하구(河口)에서 점심을 먹었다. 여기는 셋쓰 주(攝津州)에
속한다. 땅이 넓어 시원하였으며 촌락이 매우 번성했다. 앞산 기
슭에 물에 둘러싸여 섬처럼 된 곳마다 민가가 있었다. 쇼오야
(鐘屋) 혹은 다나우라(店浦)라 불리는 곳이다. 동서로 뻗은 울
타리들이 바둑판을 펼쳐 놓은 듯 한눈에 들어왔다. 아름다운
나무와 대나무 들이 서 있었고 갈대꽃과 갈댓잎이 가을을 맞아
더욱 기이했다. 그 아래 물가에는 해오라기와 학들이 헤엄치고
날아올랐다. 눈에 보이는 것이 모두 강호(江湖)의 즐거움인지라,
풍파에 지친 나그네 마음에 이런 생각이 절로 들었다.

'3천여 리 바다를 건너면서 다행히 아무 탈 없이 육지를 밟
을 수 있게 됐구나.'

모두들 기뻐하는 기색이었다.

큰 강이 동쪽에서 바다로 흘러 들어가고, 바다가 끝나는 곳
에서 물이 얕아졌다. 우리가 타고 온 배는 무거워 더 이상 갈 수
없었으므로 전례(前例)대로 우리 배를 만(灣) 가운데 세워 두고
일본 배로 옮겨 탔다. 일본인들이 배를 타고 와서 기다리고 있
었는데 배의 만듦새와 장식이 눈이 부실 정도로 사치스럽고 아
름다웠다. 배 위에 층층이 누각을 세우고 나무를 기와 모양으
로 조각하여 푸른 칠을 하였으며, 지붕 아래는 전체가 검은색이
었는데 매끈하게 빛나 거울 같았다. 추녀와 난간과 기둥에 황금
을 입히고 창문과 천장도 금을 입혀 사람이 앉거나 누우면 의

복이 금빛으로 빛났다. 붉은 비단으로 장막을 만들어 사면을 두르고 장막의 귀퉁이마다 길이가 네댓 자 되는 붉은색의 큰 술을 달았는데 마치 봉황의 꼬리 같았다. 난간 위에는 붉은 주렴을 쳤는데 실처럼 가늘었으며 그 빛이 찬란했다. 주렴은 강물에서 한 자 좀 안 되는 높이까지 드리워져 있었다. 배의 뒷부분에는 한 길 남짓한 오색의 알록달록한 끈으로 황금 방울 두 개를 매달아 놓았는데, 방울 소리에 따라 배를 돌리는 속도를 조절했다. 배의 한복판은 물에 잠겨 있었는데 그곳도 금색을 칠해 금빛 물결이 일렁거렸다.

노 젓는 사람은 각 배마다 스무 명씩으로 붉은 옷, 노란 옷 그리고 푸른 옷을 입고 있었고 옷 색깔마다 각기 다른 색의 거북무늬가 수놓여 있었다. 노란 옷에는 검은 무늬를, 푸른 옷에는 붉은 무늬를 수놓았으며, 옷 색깔에 따라 배를 배정하고 배들도 각기 다른 색을 칠하여 서로 혼동되지 않게 했다. 옷의 등 부분에는 모두 검은색으로 '過'(과) 한 글자를 썼는데 전서(篆書: 글씨체의 한 종류)였다. 노는 모두 진홍색으로 빛났다.

국서(國書)를 실은 배가 앞장섰다. 정사, 부사, 종사관 이하와 수석 통역관, 상통사[1]와 군관(軍官) 등 각 인원이 탄 배는 모두 아홉 척인데 배마다 표지가 있었고 화려한 모양은 거의 차이

---

1   상통사(上通事): 정3품 이상의 통역관을 역관이라 하고 그 아래는 통사(通事)라 했는데, 통사는 다시 상통사(上通事), 차상통사(次上通事), 소통사(小通事)로 나뉜다. 상통사는 통역일 이외에도 약재와 문서를 관리하는 일도 맡았다.

가 없었다. 정사가 쓰시마 태수에게 글을 보내 뜻을 전했다.

"배가 너무 사치스럽습니다. 만약 관백이 타는 배라면 사신이 감히 탈 수 없습니다."

쓰시마 태수가 놀라 말했다.

"이것은 사신의 행차를 위해 만든 것입니다. 관백의 배가 아니니 사양하지 마십시오."

조금 뒤에 일본인에게 넌지시 물어 보았더니 이렇게 대답했다.

"국서를 모신 배 이외에 사신 이하가 탄 배는 모두 각 주의 태수가 타는 배입니다."

나니와 강(浪華江)은 오오사카를 가로질러 흐르는 강이다. 통신사 일행이 타고 온 배는 크고 바닥이 깊기 때문에 얕은 하천을 항해할 수 없어서 각 번의 태수들이 사용하는 배로 갈아타야 했다. 그 배들이 어찌나 사치스럽고 화려했는지 일행은 쇼군이 타는 배로 오인하여 사양한 것이다. 배의 화려한 장식과 노를 젓는 사공들의 모습을 세밀하면서도 감각적으로 묘사한 신유한의 솜씨가 빼어나다. 부산을 출발한 지 2개월 남짓 지난 9월 4일의 일이다.

무지개다리 사이로

　강 입구에서 오오사카까지는 30리인데, 강폭이 넓었다가 좁았다가 하였고 깊이는 한두 길에 불과했다. 배가 크고 가벼워서, 천천히 흘러가는 강 한가운데로 거침없이 나아갔다. 강 양쪽으로는 돌을 쌓아 제방을 만들었는데 돌이 칼로 깎은 듯했다. 강물이 동쪽과 서쪽에서 흘러들어 와 깊은 못이 되고 깊은 여울을 이룬 곳이 몹시 많았다. 지류 중에서 큰 것은 별도로 호수가 되어 비단 띠처럼 마을을 빙 둘렀는데 곳곳에 화려한 난간이 있는 무지개다리가 걸려 있었다. 다리의 높이가 수십 자에 달하는 것도 있었다. 배들이 물고기 비늘처럼 줄줄이 다리 밑에서 나와, 왕래가 끊이지 않았다. 다리의 높이가 이 정도나 되니 그 길이는 가히 짐작할 수 있을 터이다.

　강가의 언덕 위로 산기슭이 구불구불 비단처럼 펼쳐져 있어 솟았다가 낮아졌다가 했다. 다락집과 정자가 햇빛을 받아 빛났으며, 집집마다 벽에 화려한 색을 칠했다. 놀리는 땅이 하나도 없었으니, 습해서 사람이 살 수 없는 낮은 땅에는 푸른 잔디밭과 금빛 제방을 만들어 놓았는데 침도 뱉을 수 없을 정도로 깨끗했다. 그 가운데 돌을 깎아 터를 잡아서 멋진 지붕을 얹어 세운 건물이 강물을 굽어보고 있었다. 뜰과 우물가에는 노송(老松)과 추해당(秋海棠: 베고니아) 등 여러 가지 기이한 화초를 심어 놓았는데, 그 모습이 깃발 같기도 하고 일산 같기도 했으며 용이 서린 듯 봉황이 나는 듯했다.

위에 화려한 장막과 오색 등(燈)을 설치한 곳은 모두 각 주 태수의 별장이었다. 그 아래 수문(水門)에는 목책(木柵)을 설치하여 황금빛 배를 정박시켜 놓았는데 사신 일행이 탄 배만큼 큰 배들이 셀 수 없을 정도로 많았다. 이 역시 귀족과 호걸들이 연회를 베풀면서 타고 노니는 배였다. 강을 끼고 크고 작은 고기잡이배와 장삿배가 정박해 있었는데 줄줄이 이어진 게 천 길이 넘었다.

구경 나와 양쪽에 죽 늘어선 사람들이 모두 비단옷을 입고 있었다. 여자들은 검은 머리에 기름을 바르고 꽃 비녀와 대모 빗[1]을 꽂고, 얼굴에는 연지와 분을 발랐으며, 붉고 푸른 그림이 그려진 긴 옷을 입고, 보석 띠로 허리를 묶었다. 허리가 가늘고 길어서 불화(佛畵) 속의 사람 같았다. 수려한 외모의 사내아이는 옷을 입고 단장한 것이 여자보다 예뻤다. 나이가 여덟 살 이상이 되는 남자는 모두 보석으로 장식한 칼을 왼쪽 옷깃에 꽂고 있었다. 강보에 싸인 어린아이들도 모두 보석을 두른 채 무릎에 안겨 있거나 등에 업혀 있었는데, 마치 울창한 숲과 온갖 꽃이 만발한 꽃밭에 형형색색의 꽃과 나무가 피어 있는 듯했다.

가까이 앉은 사람들은 강 좌우에 매어 놓은 배를 먼저 차지했다. 자리를 연달아 깔고 앉아 옷깃이 서로 닿았다. 배에 사람이 다 차자 나머지 사람들이 언덕에 앉았고, 언덕으로도 부족하여 인가의 담과 다리의 난간을 따라 줄지어 앉았다. 어떤 사

---

1 대모(玳瑁) 빗 : 거북이 등딱지로 만든 빗.

람은 자리를 깔고 앉았고 어떤 사람은 풀을 깔고 앉았으며 어떤 사람은 화려한 평상에 비단 장막을 치고 앉아서 술과 차 등 먹고 마실 것을 준비했다. 그 자리들마다 각기 주인이 있어, 그 주인에게 미리 자릿세를 내고 자리를 빌린다고 한다. 자릿세는 은 2전으로, 자리가 얼마나 가까운가 얼마나 좋은가에 따라 가격에 차이가 있다고 한다.

때때로 어린아이의 울음소리와 아녀자들의 웃음소리가 들렸다. 여인들은 웃을 때면 반드시 손수건으로 입을 가렸는데 쟁반에 옥구슬이 구르는 듯한 웃음소리가 마치 새 지저귀는 소리 같았다. 그 밖에 제멋대로 돌아다니면서 시끄럽게 떠드는 사람은 한 명도 없었다.

가을볕이 내리쬐므로 어떤 이는 채색 수건으로 머리를 덮었고, 어떤 이는 희고 둥근 모자를 쓰기도 했다. 모두들 두 무릎을 꿇고 조용히 앉아 있거나 멀찌감치 서서 바라보고 있었는데, 사람들이 늘어선 줄이 지형에 따라 높게 혹은 낮게, 가로로 혹은 세로로 이어졌다. 이런 인파가 20리에 걸쳐 수풀처럼 빽빽하게 늘어서서 갈수록 더욱 많아지니, 내 눈으로는 직접 본 것만 해도 일일이 셀 수 없을 정도였다.

산과 강이며 누대와 사람들이 모두 아름다웠고 초목이 어여쁘게 우거져 찬란한 것이 마치 서로 질투하여 너도나도 자기의 자태를 뽐내는 듯했다. 왼쪽을 보고 있자니 오른쪽의 광경을 놓칠까 걱정되어 다시 오른쪽을 보니 왼쪽의 경치가 문득 더욱 기이해 보였다. 배를 타고 반나절을 가는 동안 이 경치를 구경하느라 두 눈이 벌겋게 충혈될 지경이었다. 마치 식탐이 많은 사람이 진수성찬을 먹을 때 아무리 배가 불러도 계속 입맛이 당기는 것과 같았다.

쓰시마 태수가 하구에서 먼저 오오사카에 들어갔다가 해저물 무렵 다시 황금 배를 타고 마중 나왔다. 멀리서 바라보니 술이 달린 장막 안에 머리가 번들번들한 조그마한 사람이 덩그러니 앉아 있었는데, 주위의 기물과 의복이 모두 금과 은으로 장식한 것이었다. 부귀와 번영이 어쩌다가 잘못되어 이렇게 볼품없는 사람에게 입혀졌는지 애석할 뿐이었다. 같은 배에 타고 있던 호위병과 통역관들이, 태수가 탄 배가 보이자 바로 엎드려 감히 일어나지 못했다.

긴 다리 일곱 개를 지나서야 비로소 오오사카에 도착했다. 모든 배가 정박하는 곳이었다. 강기슭에 나무판자를 깔아 계단 모양의 다리를 임시로 만들었는데 높이가 뱃전과 같고 좌우의 대나무 난간이 곱고 촘촘하여 마음에 들었다. 일본인들이 가마와 말을 준비하고는 임시로 만든 다리 위에 둘러서서 엄숙하게 정렬했다. 마침내 다리를 밟고 내려가서 사신은 큰 가마를 타고, 수석 통역관은 어깨에 메는 가마를 타고, 나머지는 말을 탔다. 말은 모두 준마였는데 금빛 안장과 비단 언치²를 얹고 은 등자³를 달았다. 또 붉고 푸른 실을 꼬아 만든 노끈으로 그물을 만들어, 안장 뒤로부터 말의 엉덩이를 덮어서 말에 탄 사

---

2   언치: 안장 밑에 까는 방석이나 담요.
3   등자(鐙子): 말의 양쪽 옆구리 쪽에 늘어뜨려 발을 디디게 되어 있는 물건.

람이 땅으로 더러워지는 것을 방지하였는데, 그물이 아래로 드리워져 눈부시게 빛났다. 양쪽으로 고삐를 잡고 말을 끄는 사람과 뒤에서 짐을 메고 따르는 사람의 수는, 말을 타는 사람의 관직이 얼마나 높으냐에 따라 달랐으며 적은 경우에도 대여섯은 되었다. 곧 국서를 받들고 풍악을 울리며 출발했다. 6, 7리쯤 가서 숙소에 도착했다. 가던 길 양쪽으로 건물들이 죽 늘어선 중에 층층 집이 아닌 것이 없었다. 모두 여러 가지 물건을 파는 가게들이었다.

　구경 나온 사람이 길을 가득 메웠다. 시가지는 강기슭에 비해 훨씬 더 눈부시게 화려했는데, 이곳에 오자 번화한 모습에 또다시 눈이 어질어질해져 몇 개의 거리와 시가를 지났는지 알 수 없을 지경이었다. 다만 곧게 난 길이 잘 닦여 있고 길은 티끌 하나 없이 깨끗했으며 양쪽에는 모두 주렴을 드리우고 화려한 장막을 치고 알록달록한 지붕을 얹은 집들이 있었으며, 푸른색, 붉은색, 감색, 보라색, 초록색, 노란색 등 온갖 빛깔의 옷을 입은 남녀노소가 지붕 위아래에 가득한 것을 보았다.

일본 최대의 상업도시 오오사카의 번영을 잘 보여 주는 글이다. 배를 타고 나니와 강을 거슬러 올라 오오사카에 정박하는 과정을 순차적으로 서술하면서, 그중에서도 특히 즐비한 다리와 가옥, 구경하는 인파를 섬세한 필치로 묘사하였다. 신유한은 난생 처음 보는 도회지의 화려한 풍경에 눈이 충혈되고 정신을 잃을 것 같다고 했다. 통신사 행렬을 구경하러 나온 사람들 가운데 멋대로 움직이거나 떠드는 사람이 한 명도 없다는 대목에서 엄격한 규율로 통제되던 무가(武家) 사회의 일면을 엿볼 수 있다. 9월 4일의 일이다.

천하 으뜸의 도시 오오사카

오오사카는 셋쓰 주(攝津州)에 있는데 옛날 도요토미 히데 요시가 도읍으로 삼았던 곳이다. 강의 이름을 '나니와'(浪華) 혹 은 '난바'(難波)라 하므로 오오사카 지역을 '나니와' 또는 '난바' 라고 부르기도 한다.

셋쓰 주는 일본에서 가장 크고 풍요로운 곳으로, 북으로는 야마시로 주(山城州)와 접해 있고 서쪽으로는 하리마 주(播磨 州)에 이르며 동남쪽으로는 큰 바다에 접해 있다. 바다에 있는 여러 오랑캐 나라의 장사꾼들이 갖가지 물건을 가지고 사방에 서 모여든다. 아름다운 강과 호수, 산과 숲, 농토를 끼고 있어서 오곡, 뽕나무, 삼, 생선, 소금이 많이 생산되며 귤, 유자, 대나무, 토란 등도 풍부하다. 과일과 조개와 수달 가죽 등은 장사꾼이 다른 지역에서 가지고 오지 않아도 될 정도로 풍족하고 금, 은, 구리, 쇠, 주석, 목재, 무늬가 아름다운 소나무 등이 산더미처럼 많아 바둑알처럼 널려 있다.

도요토미 히데요시는 오오사카를 거점으로 삼아 전쟁을 일삼았으며 백성의 뼈를 깎고 기름을 짜내어 자신의 끝없는 욕 심을 채웠다. 그래서 정원의 초목에까지도 금을 입혀 구경거리 로 만들었으며, 여러 번(藩)의 번주(藩主)가 모이는 곳에는 동 산, 가옥, 배, 수레 등의 오락거리를 만들어 너도나도 화려함과 사치스러움을 숭상했다. 강물을 끌어와 연못을 만들어서 굽이 굽이 돌게 하였다. 잘 다듬은 돌을 쌓아 만든 제방은 술병, 병풍, 경대(鏡臺) 같은 모양인데, 그 위에 다리를 세워 왕래하게 했다. 황금으로 장식하거나 그림을 그려 넣은 배가 잇달아 다리 밑으로 물을 따라 흘러, 꽃밭을 지나 이곳저곳의 아름다운 경치 속을 돌아다녔다. 무슨 무슨 '당'(塘: 제방)이니, '소'(沼: 연못)니, '옥'(屋: 집)이니, '정'(町: 구역을 나타내는 말)이니 하여 특히 빼어난 곳마다 따로 이름을 붙였는데 너무 많아 이루 다 기록할 수가 없다.

다리는 2백여 개, 절은 3백여 개나 되며 번주나 가신(家臣)의 좋은 집들은 그 두 배나 되었다. 평민 중에 농업, 공업, 상업에 종사하여 부자가 된 집이 또 수천, 수만이나 된다. 천황의 아들 가운데 승려가 되어 월법친왕(月法親王), 정각친왕(正覺親王), 흥복친왕(興福親王)이라는 법명(法名)을 가진 이들이 있는데, 이들이 거처하는 집은 꽃비가 내리는 삼십삼천[1]의 불당(佛堂) 같았다.

석가원(釋迦院)의 승려 법인(法印), 자운(紫雲), 황벽화상(黃蘗和尙) 등도 모두 화려한 정사[2]를 가지고 있었다. 정사는 구슬과 보석으로 꾸몄으며 이름난 꽃과 기이한 풀을 심어 놓아 다른 번의 지체 높은 사람들의 저택과 같았다.

화려한 저택과 정사들 사이에 서림(書林)과 서옥(書屋)이 있

---

1 삼십삼천(三十三天): 불교에서 세계의 중심이라 하는 수미산의 도리천과 그 주위 4개의 봉우리에 있는 32천을 합쳐서 이르는 말.
2 정사(精舍): 학문을 닦거나 독서를 하는 곳.

어, '유지헌'(柳枝軒)이니, '옥수당'(玉樹堂)이니 하는 간판을 붙여 놓았다. 고금 여러 분야의 서적을 쌓아 두고 판매하거나 출판하여 막대한 돈을 벌어들이고 있었다. 중국의 서적과 우리나라의 여러 존경받는 학자들이 저술한 서적들 중에 없는 것이 없었다.

술집에서는 오디주, 매실주, 인동주, 복분주, 제백주 등이 가장 유명하며 그 색깔이 붉거나 푸르렀다. 영주(霙酒)는 눈[雪]과 같고 연주(練酒)는 비단 빛깔 같고 마양(麻釀)은 옥 빛깔 같았는데 모두 특상품이었다. (…)

약국에서는 지보단,[3] 화중산,[4] 통성산[5] 등 여러 가지 약을 팔고 있었다. 문에다 간판을 붙이거나 금칠한 팻말을 길거리에 세워 행인에게 광고했다.

사창가와 기생집이 있는 거리를 노화정(蘆花町)이라 하는데 10여 리에 걸쳐 있었다. 수놓은 비단, 사향, 붉은 주렴, 그림이 그려진 장막 등으로 꾸며 놓았으며 요염한 여인이 많았다. 그 가운데 이름난 기생은 빼어난 미모를 가지고 있으며 돈을 받고 몸을 파는데, 하룻밤에 금 백 냥을 받기도 한다고 한다.

일본의 풍속이 음란한 것을 좋아하고 예쁜 것을 숭상하여 저잣거리의 남녀도 모두 비단옷을 입고 있었다.

---

3   지보단(至寶丹) : 습기나 더위에 몸이 상했을 때 먹는 약.
4   화중산(和中散) : 위를 편안하게 하여 설사와 구토를 멎게 하는 약.
5   통성산(通聖散) : 체내에 열이 축적되어 생기는 피부 질환, 발열, 두통, 천식 등에 처방하는 약.

학문을 업으로 삼은 사람은 더러 학식이 많고 문장을 지을 줄 알아 각지의 번국(藩國)을 돌아다니며 제후에게 등용되기도 했다. 의술과 검술을 배워 벼슬하는 자가 가장 많다. 혹 유도를 배워 사람을 잽싸게 추격하고 불시에 남을 치고 찌르기를 잘하는 사람이 있으면 무사들이 그런 사람을 중시했다. 그 밖에도 온갖 부류의 공인(工人)과 장사치, 거간꾼이 온 나라에 퍼져 있었으며 해외의 여러 오랑캐와도 교역했다. 이와 같이 번화하고 풍족하며 기이한 볼거리가 많기로 가히 천하에서 으뜸이라 할 수 있으니, 옛 기록에 전하는 계빈(罽賓)[6]이나 페르시아도 이보다 더할 수 없을 것이다.

에도 시대 일본은 도시가 발달하여 상업자본이 축적되었으며 사치 풍조가 만연했다. 특히 오오사카는 항구도시이기 때문에 국내외의 물산이 집결하여 일대 번영을 이루었다. 술집, 유곽, 음식점, 서점, 약방 등 온갖 가게가 즐비했으며 장사꾼, 장인, 무사, 의사 등 온갖 부류의 사람들이 이곳에 모여들었다. 17세기 중반 오오사카의 인구는 대략 40만이나 되었다고 한다. 당시 서울의 인구는 20만에 불과했다. 해외의 여러 오랑캐란 유럽의 네덜란드와 중국 남부 지역의 상인을 가리킨다. 『해유록』 가운데 오오사카를 서술한 부분이 가장 자세하고 분량 또

---

6   계빈(罽賓) : 지금의 아프가니스탄 카피사 지역.

한 가장 많다. 평소 오랑캐 나라라고 멸시해 오던 일본의 번영
상이 신유한에게 얼마나 큰 충격을 주었는지 짐작할 수 있다.

오오사카에서 출간된 조선 서적들

　오오사카에 서적이 많은 것은 실로 천하의 장관이라 할 만하다. 우리나라 명현(名賢)의 문집 가운데 일본 사람들이 가장 존숭하는 것은 『퇴계집』(退溪集)이다. 그래서 집집마다 읽고 외우고 있다. 일본 문인들이 필담할 때 가장 먼저 묻는 것도 『퇴계집』의 내용에 관한 것이다. 도산서원(陶山書院)이 어느 군(郡)에 있는지 묻기도 하고 퇴계 선생의 후손이 지금 몇 사람이나 있으며 무슨 벼슬을 하고 있는지 묻기도 한다. 또 선생께서 평소에 좋아하신 것은 무엇인지 등등 질문이 몹시 많아 이루 다 기록하지 못할 정도였다.

　오오사카에 사는 학자 한 사람이 우리나라 문묘(文廟)에 모셔진 여러 선현의 이름을 죽 쓰는데 최치원, 설총으로부터 김장생에 이르기까지 그 차례가 하나도 틀리지 않았으며, 그 밖에 우탁(禹倬)의 충정과 이색(李穡)의 문장과 김종직(金宗直)의 사적(事跡)을 자세하게 말했다. 우리나라에 대해 질문한 것이 어찌 이리도 자세한지!

　나는 괴이하게 여겨 시험 삼아 "조형[1]의 후손이 있는가?"

1　조형(晁衡): 아베노 나카마로(阿倍仲麻呂, 698~770)의 중국 이름. 나라(奈良) 시대 인물로 당나라에 유학하여 벼슬이 비감(秘監)에 이르렀다.

하고 물어보았더니 모른다고 했다. 또 "차천로²가 제술관(製述官)으로 사신을 따라왔을 당시 지은 시편들이 아직도 남아 있는가?"하고 물으니, 없다고 했다. 또 김안국(金安國)이 칭송하던 일본의 승려 호오츄우(珊中)의 일³을 물으니 알지 못한다고 했다.

이들은 대체로 자기 나라의 일에는 아주 어두웠으니, 이는 일본의 문헌이 거의 남아 있지 않아 지난 수백 년 동안의 일이 모두 눈 위의 새 발자국같이 사라졌기 때문이다. 그러나 일본은 우리나라와 교역을 시작한 이래로 통역관들과 긴밀한 관계를 맺고 널리 책을 구하였으니, 이것은 또 통신사의 왕래가 계기가 되어 학술 교류의 길이 점점 열리고 시문과 필담을 주고받으면서 그들이 배운 것이 점점 많아졌기 때문이다.

가장 통탄스러운 것은 김성일의 『해사록』(海槎錄), 유성룡의 『징비록』(懲毖錄), 강항의 『간양록』(看羊錄) 등에 조선과 일본 사이의 기밀을 기록한 것이 많은데⁴ 이 책들이 지금 모두 오

---

2 차천로(車天輅): 1556~1615. 시와 문장에 뛰어나 명나라에 보내는 외교문서를 담당하여 중국에까지 명성을 떨쳤으며, 1590년에는 통신사의 일원으로 일본에 가서 문명을 떨쳤다.
3 김안국이 칭송하던~호오츄우(珊中)의 일: 1510년에 일어난 삼포왜란으로 조선이 일본과 교역을 끊자 일본에서는 1512년 시문에 뛰어난 승려인 호오츄우를 보내 사건을 수습하고 다시 교역을 요청하고자 하였다. 당시 김안국이 호오츄우를 상대했다.
4 김성일의 『해사록』(海槎錄)~것이 많은데: 『해사록』은 1590년 김성일(金誠一)이 일본에 사신으로 다녀와서 지은 것이고, 『징비록』은 유성룡(柳成龍)이 임진왜란 당시의 상황을 기록한 것이다. 『간양록』은 임진왜란 당시 일본에 포로로 끌려간 강항(姜沆)이 일본의 풍속, 지리, 군사시설 등을 정탐하여 기록한 책이다.

오사카에서 출판되고 있다는 사실이다. 적을 정탐하여 적에게 일러 주는 것과 무엇이 다르겠는가? 우리나라의 기강이 엄하지 못하여 통역관들의 밀무역 때문에 이렇게 된 것이니 두려운 일이다.

성몽량은 큰아버지인 성완(成琬)이 임술년(1682)에 제술관이 되어 일본에 온 적이 있으므로[5] 당시 큰아버지가 남긴 글을 구하고자 했다. 일본인이 오오사카에서 출판된 『임술사화집』(壬戌使華集) 한 부를 구하여 보여 주었다. 당시 사신과 제술관, 서기의 시가 여러 편 실려 있고 한 글자 한마디 말도 빠짐없이 기록되어 있었으며 일본인들이 화답한 글도 뒤에 부록으로 모두 실려 있었다. (…)

"신묘년(1711) 사신이 왔을 때의 시문도 벌써 출간이 됐는가?"

내가 그렇게 물으니 어떤 일본인이 대답했다.

"그때의 시가 가장 많았는데 여러 사람에게 흩어져 있고, 아직 수습하여 책으로 만든 적은 없습니다."

겟신 쇼오탄(月心性湛)[6]이 오오사카에서 출판된 『성사답

---

5   성몽량은 큰아버지인~적이 있으므로: 성몽량(成夢良, 1673~1735)은 자는 여필(汝弼), 호는 소헌(嘯軒)이다. 시를 잘 지어 명성이 높았으며, 1719년의 사행에 서기로 참여하여 일본에서도 이름을 떨쳤다. 그의 큰아버지 성완(成琬, 1639~1710)은 1682년에 제술관으로, 또 후손인 성대중(成大中)은 1763년에 서기로 각각 통신사행에 참여하였다.

6   겟신 쇼오탄(月心性湛): 교오토(京都) 진승원(眞乘院)의 승려로, 막부에서 파견되어 통신사 일행을 에도(江戶)까지 안내하였다.

향』(星槎答響) 두 권을 나에게 보여 주었는데, 이 책에 수록된 것은 나와 세 명의 서기가 쇼오탄과 화답한 시들로, 출판된 것은 아카마가세키에 가기 전까지의 작품들이고 나머지는 아직 출판이 끝나지 않았다고 했다. 날짜를 계산해 보니 한 달 만에 출판된 것이었다. 일본 사람들이 일 벌이기를 좋아하고 명성을 좋아하는 습성은 거의 중국 사람들이나 다름없었다.

에도 시대 초기에 일본은 조선을 통해 유학을 배웠으며, 특히 퇴계 이황(李滉)을 숭앙하여 이후로도 조선에 대한 각종 정보를 얻고자 하는 욕구가 팽배했다. 많은 조선 서적이 일본에 유입된 것도 이러한 까닭이다. 신유한이 수창한 시문이 불과 한 달 만에 출판된 것도 그만큼 수요가 많았기 때문이다. 당시 통신사와 일본 지식인들이 주고받은 시문을 모아 출판한 필담집 가운데 지금까지 전하는 것만도 2백 종 이상 된다. 그러나 일본의 출판문화를 찬탄하는 데 그치지 않고, 일본을 정탐한 조선 측 기록이 다시 일본에 유출되고 있는 사태를 걱정하는 데서 신유한의 냉철한 현실 인식을 엿볼 수 있다. 11월 4일 에도에서 오오사카로 돌아왔을 때의 일이다.

교오토의 밤거리를 거닐며

교오토(京都)까지 20리가 남았는데 해가 벌써 저물어 버렸다. 길 좌우에 큰 장대를 세우고 장대마다 물동이만 한 등(燈)을 달았는데 그 속에 촛불을 켜 놓아 밝게 빛났다. 이것을 다섯 걸음마다 한 쌍씩 세워 놓아, 밤인테도 대낮처럼 밝았다.

이때 사신 일행은 짓소오지(實相寺)에 들어가서 옷을 갈아 입느라 지체되어 아직 도착하지 않았다. 데리고 온 동자와 시종은 내가 탄 말 뒤로 조금 떨어져 있었다. 그래서 나는 홀로 일본인 예닐곱 명과 함께 거리 한가운데를 지나갔다. 비단옷을 차려 입고 구경 나온 사람들이 오오사카에 비해 훨씬 많았다. 길 왼편에 멋진 2층 누각이 있었는데 도오지(東寺)라는 이름의 절이었다. 나는 그것이 궁궐인 줄 알았다. 도오지를 지나자 나타난, 금과 은으로 장식한 휘황찬란한 층층 누대와 화려한 건물이 보였는데 이루 다 기록할 수가 없었다. 정신이 피로하고 눈에서 열이 나 몇 개의 거리를 지나왔는지 나 자신도 모르겠는데, 하늘에는 달빛이, 그리고 땅에는 등불이 끝없이 이어진 덕에 수십 리 밤길을 가면서 천만 가지 기이한 광경을 볼 수 있었다. 모두 세상에서 일찍이 보지 못했던 것들인지라 너무나 황홀하여 마치 기이한 화초 가운데 서서 백금(白金)으로 지은 봉래산[1] 신선

---

1   봉래산(蓬萊山): 동쪽 바다 한가운데 있으며 신선이 살고 불로초와 불사약이 있

의 궁궐을 보는 듯했다.

　나도 이제 일본어를 익히 들은 터라 때때로 알아듣는 말이 있었다. 그래서 자주 일본인을 불러 차를 마시겠다고 하거나 담뱃불을 붙여 달라고 하거나 길이 몇 리나 남았는지 묻거나 하면, 그때마다 일본인들은 몹시 기뻐하며 대답해 주었다.

　줄지어 선 가게에서 차를 파는 여인들이 옥 같은 얼굴에 검은 귀밑머리를 하고 신선로를 어루만지며 차를 끓여 놓고 손님을 기다리고 있었는데, 그 모습이 완연히 그림 속의 사람 같았다. 거리에서 갑자기 쨍쨍하는 쇳소리가 들리기에 이것이 무슨 소리인가 물으니, 일본인들이 "밤이 깊으면 야경꾼들이 돌아다니며 쇠막대기로 땅을 쳐서 경계를 합니다"라고 했다.

　내 앞뒤로 우리나라 사람 얼굴이라곤 전혀 볼 수 없었다. 혈혈단신으로 한밤중에 일본의 도성으로 들어와서 수많은 칼끝을 잠자코 보기만 할 뿐 두려움도 없고 의심도 없었으니 이는 오직 우리 임금님의 신령이 보호해 주신 덕택이다. 길가에는 일본인들 여럿이 서서 떠들고 있었다.

교오토는 일본의 3대 도시 중의 하나이다. 당시 사신 일행은 오오사카에 상륙하여 교오토로부터 나고야를 지나 에도까지는 육로로 이동했다. 신유한은 오래된 도읍지인 교오토를 지

_____

　다고 하는 전설상의 섬.

나면서 화려한 건물과 밤에도 불이 꺼지지 않는 야경을 보고 신선의 궁궐에 비기며 한껏 들떠 있다. 일행에서 떨어져 홀로 일본의 밤거리를 활보하고 사람을 만나고 차를 마시며 이야기를 나누는 장면에서 그의 호기심 많고 활동적인 성향을 엿볼 수 있다. '수많은 칼끝'이란 일본인들이 모두 칼을 차고 다녔기 때문에 한 말이다. 9월 11일의 일이다.

폭포가 웅장한 호오타이지의 정원

아침 일찍 출발하여 30여 리를 가서 마이사카(舞阪)라는
고개에 이르렀다. 이 고개는 우쓰(宇津)라고도 불리는데 고갯길
이 높고 바위 골짜기가 빙 둘러 있었다. 길가에는 술집이 있었
고 남녀 장사꾼들이 듬성듬성 오갔다. 고개 위의 그윽하고 시원
한 곳에 이르자 새로 지은 찻집이 있었는데 정결하여 앉아 쉴
만했다. 사신들은 방에 들어가 쉬었다. 뜰에는 가을꽃이 피고
온 산에 단풍이 들어 붉고 푸른 빛이 섞여서 비단 장막처럼 찬
란하니, 고향 생각이 나 일본 술을 마시며 홀로 그리움을 달랬
다. (…)

10여 리를 가서 아베 천(阿部川)을 건넜다. 냇물은 작아도
물살이 급해서 어제 오오이 천(大井川)을 건널 때처럼 난간이
있는 들것을 만들어 건너야 했다. 여기서부터 길 양편에 인가가
빽빽이 들어서 있었고, 비단옷을 차려입고 구경 나온 사람들
때문에 눈이 어지러웠다. 그 사이를 뚫고 20리를 지나 스루가
주(駿河州)의 부중(府中)에 도착했다. 숙소는 호오타이지(寶泰
寺)인데 이 절이 일본에서 가장 기이하고 화려하다고 한다. 절의
뜰에는 아래위로 연못이 둘 있고 돌을 다듬어 제방을 쌓았는데
우러러 보니 위쪽 기이한 모양의 바위에서 폭포가 뿜어져 나왔
다. 높이가 수십 척이나 되는 폭포가 못으로 쏟아졌다. 못 가운
데에 돌다리를 세우고 좌우에는 기암괴석을 쌓고 기이한 화초
를 심어 놓았으니, 그 아름다움을 이루 다 말할 수 없었다.

종죽(椋竹)과 금죽(金竹)이라는 대나무도 있었다. 종죽은 잎이 가늘고 길어 하늘하늘 늘어진 것이 봉황새의 꼬리 같다고 해서 일명 봉미(鳳尾)라고도 한다. 금죽은 대가 황금색이고 속이 차서 비어 있지 않았으니 아마도 장건이 말한 대하국의 공죽[1]인지도 모르겠다. 난간 앞에는 판자로 만든 담이 있고, 담 밖에는 귤나무를 심어 놓았는데 가지 하나를 끌어다가 담을 뚫고 들어오게 해서 사람이 앉는 자리 가까이에서 주렁주렁 열매를 맺게 했으니, 보이는 것마다 신기하고 교묘했다. 그 밖에도 키가 큰 소나무, 굵은 대나무, 동백나무, 비파나무 등이 사방에 우거져 원림(園林)과 별관(別館)처럼 된 곳이 많았다. 도쿠가와 이에야스(德川家康)가 처음 스루가 주에 도읍을 정한 후 이 절을 지었는데, 훗날 에도로 도읍을 옮긴 뒤에는 이 절을 조상의 혼령을 모시는 원당(願堂)으로 삼았다. 그런 까닭에 후대의 관백들이 이곳에 와서 분향한다고 한다.

통신사 일행이 육로로 이동하다가 물살이 센 강을 만날 때, 수행하던 일본인들이 난간이 있는 큰 들것을 만들어 그 위에 사신이 탄 가마와 국서(國書)를 넣은 충정(龍亭: 국서를 운반하는

---

1   장건(張騫)이 말한 대하국(大夏國)의 공죽(邛竹): 장건은 한(漢)나라 때 인물로 무제(武帝)의 명을 받고 서역에 사신으로 가 여러 나라를 여행하고 돌아왔다. 대하국은 지금의 아프가니스탄 지역에 있었던 ㄴ라이며, 공죽은 대하국의 공(邛)이라는 지역에서 나는 대나무를 가리킨다.

가마)을 올려놓은 뒤에 수십 명이 이것을 메고 강을 건넜다. 호오타이지의 화려한 정원은 고즈넉한 우리나라의 절과는 사뭇 다른 분위기였던 듯하다. 돌을 쌓아 폭포를 만들고 괴석과 화초로 화려하게 꾸민 정원은 인공적인 아름다움을 추구하는 일본인의 미의식을 잘 보여 준다. 나고야를 지나 에도로 가는 도중인 9월 22일의 일이다.

바닷가에 우뚝 솟은 에도 성

아침 일찍 식사를 마치고 에도로 향했다. 수석 통역관 이하는 검은 관대(冠帶)를 하고 국서를 모셨고, 가마를 메는 군관은 군복을 갖추고 무장을 하였으며 음악을 연주하면서 나아갔다. 사신들은 붉은 단령(團領: 깃이 둥근 관복)을 입었고 나와 통역관, 의관도 역시 붉은 단령을 입고 뒤따랐다. 서기 세 사람은 선비의 의관을 했다. 말을 탄 여러 관리들이 구슬을 꿴 듯 차례로 나아갔다. 오른쪽으로는 큰 바다가 보이고 왼쪽으로는 인가가 가까이 연이어졌다. 길가에 집들이 마치 긴 띠처럼 빽빽하게 이어져 있는데, 갈수록 더욱 늘어났다.

10리 정도 가자 가마를 멘 일본인이 벌써 에도에 다 왔다고 하기에 내다보니 멀리 큰 성이 바다를 누르고 서 있는 것이 희미하게 보였다. 축대를 쌓은 면이 칼로 깎은 듯하였고 바닷물을 끌어들여 해자를 만들어 놓았다. 해자는 웅장하고 견고했으며 망루(望樓)는 높이 솟아 있어 보는 사람으로 하여금 두려운 마음이 들게 했다.

마침내 성문으로 들어가 큰 다리를 두 개 건넜는데 마치 수놓은 비단 장막 속을 가는 듯했다. 다시 동쪽 문으로 나가니 철문에 자물쇠가 굳건한 겹겹의 성과 옹성[1]이 갖추어져 있었고,

---

1 옹성(甕城): 성문 밖으로 돌출되게 쌓은 성으로, 문을 공격하는 적을 방어하기 위

해자 위로 다리를 놓았는데 양쪽의 붉은 난간이 물에 비쳤다. 다리 밑으로는 배가 다녀, 수문(水門)을 나가면 바다로 통했다.

길 양쪽의 긴 행랑들은 모두 상점이었다. 행정단위로는 시(市), 정(町), 문(門)이 있는데, 시 안에 정이 있고, 정 안에 문이 있다. 거리는 사면으로 통하여 활처럼 편편하고 곧게 뻗어 있었다. 분칠한 누각과 장식한 담장은 이층이나 삼층으로 이루어졌고, 지붕이 서로 이어져 있는 것이 마치 비단을 짜 수놓은 듯했다.

구경 나온 남녀가 거리를 가득 메웠는데, 수놓은 듯한 집의 기둥 사이를 올려다보았더니 구경 나온 사람들로 가득하여 조금도 빈틈이 없었다. 옷자락의 화려한 무늬와 햇볕에 반짝이는 주렴과 장막이 오오사카와 교오토보다 세 배는 더 되는 듯했다. 나무다리를 세 개 지나고, 겹문을 백여 개쯤 지나자 큰 문 두 개가 나타났다. 거기에는 '金龍山'(금룡산: 긴류우 산)이라는 현판이 붙어 있었다. 수백 걸음을 더 가서야 숙소에 도착했다.

일본의 성은 조선의 성과는 달리 매우 높으며 해자를 둘러 적이 쉽게 침입하지 못하게 되어 있다. 센고쿠 시대에 수없는 전쟁을 거치면서 전투에 가장 적합한 형태를 갖추게 된 것이다. 멀리서 한 번 바라봤을 뿐인데도 에도 성의 위압감에 신유한

한 시설.

은 두려움을 느꼈다. 오오사카나 교오토와 마찬가지로 성 아래에는 도시가 형성되어 있었는데 그 규모에 신유한은 다시 한 번 놀란다. 9월 27일의 일이다.

나가사키의 네덜란드 상인

나가사키(長崎)는 히젠 주(肥前州)에 속한다. 사신 행차가 지나는 곳이 아니므로 직접 보지는 못하였지만 해외 여러 나라의 상인들이 모이는 곳이라 한다. 중국 남경(南京)에서 배를 타고 바다를 건너온 상인들 가운데 혹 일본 여인과 정을 통하여 자식을 낳고 자주 왕래하는 자들이 있다. 이 때문에 일본인들은 중국의 사정을 잘 알고, 또 그중에 중국어를 잘하는 사람도 있다. 그러나 이들이 배운 중국어는 소주(蘇州)·항주(杭州)와 절강성(浙江省)·복건성(福建省) 이남 지역의 방언이므로 우리나라 통역관들이 배우는 북경어와는 조금 다르다. 또 남쪽의 여러 나라 사람들이 몰려와서 무역을 하는데 그들의 옷차림과 행동 거지에 대해 들어 보니, 머리카락을 둥글게 뭉쳐 묶고 두 다리를 쭉 뻗고 비스듬히 기대어 앉는다고 한다. 아직도 남월국 왕 조타[1]의 무례한 풍속이 남아 있는 듯했다.

그 가운데 아란타(阿蘭陀: 네덜란드) 사람들이 가장 이상했다. 그들은 길지도 않은 머리털을 뒤로 묶고 붉은 비단 모자를 썼으며 구슬로 장식한 신발을 신었다. 옷은 기이한 비단으로

---

1 조타(趙佗): 한(漢)나라 초기 남월국(南越國)의 왕. 조타는 원래 중국 사람이었는데 남월국의 왕이 되어 몹시 거만했다. 한 고조(漢高祖) 유방(劉邦)이 신하인 육가(陸賈)를 보내어 그를 회유하자 무례함을 사과하고 한나라와 조공 관계를 맺었다.

되어 있는데 품이 좁아 몸이 겨우 들어갈 정도였으며 바지도 꽉 끼어 두 다리가 겨우 들어갈 정도이니, 이런 옷을 입고서는 무릎을 구부릴 수가 없다. 그래서 조그만 의자를 하나씩 가지고 다니다가, 앉을 일이 있으면 의자에 걸터앉아 다리를 폈다. 문서(文書)를 사용하지 않고 다양한 기호를 사용하여 모든 일에 대한 명령을 내렸다. 온갖 물건이 모두 사치스러웠고 옷에는 얼룩한 점 없었다. 음란한 것을 몹시 좋아하여 오기만 하면 일본 여자와 어울려 밤낮으로 희롱하고 즐기니, 나가사키의 유곽에서는 이들을 대할 때마다 진기한 보물을 얻는다고 한다.

"일본의 국법에 외국과 통상하는 것을 금지하지 않으니, 그렇다면 외국인이 좋아하는 여자를 자기 나라에 데리고 갈 수도 있습니까?"

내가 그렇게 물으니, 통역관이 대답했다.

"통상하는 것은 금하지 않습니다만 여자를 데리고 가지는 못하게 합니다. 그래서 그들 자녀는 결국 일본 사람이 됩니다."

나는 또 물었다.

"서양 사람 마테오 리치(Matteo Ricci) 또한 범상치 않은 사람입니다. 그가 기록해 놓은 것을 모두 믿을 수는 없으나 천지가 생긴 이래로 그런 학설을 말하는 자는 오직 마테오 리치뿐이었으니 내가 참으로 괴이하게 여겼습니다. 지금 듣자 하니 서양 사람들이 나가사키에 드나든다는데 혹시 그의 행적에 대해 전해 들은 게 있습니까?"

통역관이 대답했다.

"나가사키에 와서 장사하는 자들은 무식한 상인이라 별로 믿을 만한 정보를 얻을 수 없습니다. 다만 어떤 선박 하나가 일본 남해에 정박하였는데 그 배에 탄 사람이 서양국의 교주(敎主)라 자칭하면서 자기 임금의 명령으로 세상 방방곡곡에 가르침을 전하여 인도한다고 한 적이 있답니다. 그들이 말한 가르침이라는 것은 마테오 리치를 성인으로 받드는 것이었는데, 그 하는 말이 모두 조리가 없었습니다. 그러자 나라에서 금지하여 그 서양 사람과 일본 사람이 서로 교류하지 못하게 하니, 그 서양 사람은 마침내 노하여 돌아갔다고 합니다."

쇄국 정책을 고수했던 에도 막부는 오직 나가사키 한 곳을 개방하여 중국 남부 지역과 동남아시아 및 서양과 교류했다. 1684년 청나라가 해금령(海禁令)을 해제하면서 중국 남경 지역 상인들이 일본에 몰려들었음을 알 수 있다. 특히 에도 막부는 나가사키의 데지마(出島)에 네덜란드인이 와서 머물며 무역을 할 수 있는 상관(商館)을 설치했다. 이들을 통해 서양의 문물과 의학, 과학, 천문학 등 다양한 지식이 일본에 유입되었으며, 18세기에는 서양의 지식을 전문적으로 연구하는 난학(蘭學)이 유행하기도 했다. 마테오 리치는 이탈리아 선교사로 1582년 중국에 건너와 천주교 교리와 서양 과학을 소개했다. 신유한도 그의 저술을 읽고 깊은 인상을 받았던 듯하다. 「문견잡록」의 기록이다.

국서를 받들고

한갓 고을 태수에게 절을 하라니

쓰시마 태수가 옛 의례에 의거하여 우리를 자신의 관아(官衙)에 초청하겠다고 하자 사신이 나더러 가라고 했다. 내가 통역관에게 물었다.

"전례(前例)가 어떠한가?"

통역관은 이렇게 대답했다.

"이것은 일본이 조선의 문장을 사모하기 때문에 벌이는 연회일 뿐입니다. 태수가 한가한 날이면 개인적으로 학사(學士)를 관아로 초청하여 쓰시마의 문사(文士)들과 함께 글을 짓거나 필담을 나누게 하고 옆에서 그것을 봅니다."

"태수는 글을 지을 줄 아는가?"

"모릅니다."

"서로 만날 때 어떤 예를 취하는가?"

"제술관이 앞에 나아가 절을 하면 태수가 앉아서 읍(揖)을 합니다."

나는 그 말을 따를 수 없었고 전례라는 것도 믿을 것이 못 됨을 알았다. 그러나 저들이 호의로 와서 초청한 일이고 사신들께서도 그렇게 하도록 권하는 바람에, 그 자리에 가서 따지더라도 늦지 않겠다고 생각하여 마침내 갔다.

함께 간 사람은 통역관 세 사람에 글씨 쓰는 사람과 그림 그리는 사람 각기 한 사람씩이었다. 나와 수석 통역관은 가마를 타고 나머지 사람들은 말을 탔는데 가마가 작으면서도 정교하여 밀실 같았다. 덮개가 있고 주렴이 쳐져 있었으며 좌우에 있는 창문을 모두 열고 닫을 수 있었다. 가운데에 검은색 비단 요를 깔았는데 한 사람이 앉거나 누울 수 있는 넓이였다. 또 안석에 기대앉아 책을 볼 수도 있었으며 붓이나 벼루, 화로 같은 것도 들여놓을 수 있게 되어 있었다. 가마를 메는 사람은 앞뒤로 각각 둘씩이었다. (…)

한 사람이 붉은 담요를 가지고 나오면서 태수가 곧 도착한다고 하니 자리에 앉아 있던 사람들이 차례로 일어났다. 내가 용모를 단정히 하고서 이렇게 말했다.

"청컨대 여러분은 편히 앉아 내 말을 들어 보십시오."

아메노모리 호오슈우가 물었다.

"무슨 일입니까?

나는 이렇게 말했다.

"그대가 기어이 나로 하여금 태수에게 절하게 하고, 태수는 앉은 채로 소매만 들었다 말게 하려는 것입니까?"

그러자 호오슈우는 전례가 그렇다고 했다. 그때 내가 정색을 하며 이렇게 말했다.

"그렇지 않습니다. 이 섬은 조선으로 치자면 주(州)나 현(縣)에 지나지 않습니다. 이곳 태수는 조정의 임명을 받아 녹을 먹으며 크고 작은 일을 모두 명령을 받아 행하니 우리나라로 치자면 지방관과 다를 바 없습니다. 우리나라의 예조참의(禮曹參議)나 동래부사(東萊府使)와 동등한 예로 외교 문서를 주고받으니 그 등급이 같은 것입니다. 우리나라 법에 조정에서 파견한 관리는 직위의 고하를 막론하고 지방관과 더불어 한자리에 앉아 서로 경의를 표하도록 되어 있습니다.

지금 나는 문신으로서 저작랑 겸 전한[1]의 직함을 띠고 여기에 왔습니다. 설령 직급이 사신보다 낮더라도 태수와 약간 차이가 있을 뿐입니다. 그러니 태수가 주인이 되고 내가 손님이 되는 예법을 행하는 것이 아니라, 태수가 남쪽을 향하여 서고 나는 그의 앞에 나아가 서로 마주 서서 나는 두 번 읍하고 태수는 한 번 읍하기로 한다면, 비록 태수를 약간 높이는 일이 되기는 하지만 사신을 위하여 내가 특별히 한 등급을 낮춘 것이라 할 수 있을 것입니다. 그러나 만일 태수가 앉아 있는데 내가 절을 하는 것이 관례라고 하여 끝내 그대로 한다면 이는 임금이 지방관을 대하는 예법과도 어긋납니다."

내가 이런 말을 하자 통역관의 얼굴에 두려워하는 기색이 보였다. 나는 통역관에게 말했다.

"일이 급박하게 되었네. 이 또한 조정의 기강에 관계되는 일이니 잘 말해서 조정의 수치가 되지 않게 해 주게."

그 자리에 있던 사람 가운데 아메노모리 호오슈우만이 내 말을 알아듣고 발끈 성을 내며 말했다.

"우리들도 태수께 군신의 의리를 지켜야 하기 때문에 그대의 말대로 감히 전례를 고칠 것을 여쭐 수가 없습니다. 두 나라

1 　저작랑(著作郞) 겸 전한(典翰): 저작랑은 문서를 맡아보는 벼슬이고, 전한은 홍문관에 속한 정3품 벼슬로 경전을 관리하고 임금의 자문에 응하는 일을 맡은 벼슬이다.

가 우호를 맺은 이래 줄곧 이와 같은 예법이 있었는데 지금 하루아침에 폐지하려고 하니, 우리를 업신여겨 그러는 것이 아닙니까?"

나는 이렇게 대답했다.

"예(禮)는 공경하는 데서 생기고 거만한 데서 사라지는 법입니다. 내가 귀국(貴國)을 업신여긴 것이 아니라 귀국이 우리를 업신여기는 것입니다."

그러자 아메노모리 호오슈우가 몹시 교활한 얼굴을 하고 일본어로 통역관에게 따졌는데, 개가 으르렁거리는 듯 알아들을 수 없는 말로 계속해서 고래고래 소리를 질러댔다. 다 알아들을 수는 없었지만 두 나라 사이에 틈이 생겨 화가 일어날 것이라는 말까지 했다. 다른 일본인들이 모두 일어나 어떤 이는 눈을 치켜뜨고 쳐다보고, 어떤 이는 흘겨보았으며, 어떤 이는 머리를 설레설레 젓고, 어떤 이는 손바닥을 치며 떠들어대었다. 그 자리에 있는 이들 가운데 나에게 손가락질을 하지 않는 사람이 없었다. 내가 다시 통역관에게 말했다.

"오늘 일로 인해 나는 좋게 돌아갈 수 없게 되었네. 나는 먼저 돌아가고 그대들은 남아 있다가 태수에게 인사를 하고 오는 게 어떻겠나?"

통역관은 말했다.

"그렇게 되면 공(公)을 가마에 태워 모실 수가 없을 터인데 어떡합니까?"

"나는 이미 결정했네. 칼을 빼어 겨눈다 해도 예법을 고치지 않는다면 만나지 않겠네. 소무도 북해에 유배되는 고통을 견

더냈는데,[2] 내가 지금 가마를 타는 대신 편안하게 걸어가는 것쯤이야 무엇이 두렵겠나?"

"이것은 예전부터 있었던 일이니 다시 생각해 보시지요."

"여러 말 말게. 나는 이 예법이 옛날부터 있었던 것이 아닌 줄 알고 있네. 태수가 글을 잘 짓고 문인을 아껴 예를 갖추어 초청해서 서로 시를 주고받는 것이라면 이는 참으로 아름다운 일이라 할 만하지. 그게 아니라도 내가 머물고 있는 숙소에 글을 보내 누구를 위한 글을 부탁하여 병풍 같은 것에 글을 써 달라고 한다면, 비록 나를 만나지는 않았지만 어찌 감히 어른의 명령을 욕되게 하겠나? 지금 듣자 하니 그는 낫 놓고 기역 자도 모르는 사람이라는데 한갓 벼슬이 높고 재물이 많은 것을 믿고 나더러 굽실거리며 앞에 나와 절을 하라 하고 시를 지으라면 시를 짓고 글을 지으라면 글을 지으라는 게 아닌가! 내가 여기에 응하여 서둘러 거창하게 글을 지어 주고 선물이나 받고 돌아간다면 태수는 한 나라의 임금만큼이나 높아지고 나는 조정의 관원이면서 오랑캐 관원에게 총애를 받는 꼴이 되니, 이것은 이 한 몸의 비루한 짓이지만 그 수치가 조정에까지 미치게 되는 것이네. 내 머릿속에 든 시와 글을 어찌 백금(白金) 한 봉지에 팔 수 있겠나?"

---

2 소무(蘇武)도 북해(北海)에~고통을 견뎌냈는데: 소무는 한나라 무제(武帝) 때 흉노에 사신으로 갔다가 억류되어 온갖 회유와 협박을 받았으나 굴복하지 않고 절개를 지켰으며, 그로 인해 북해(지금의 바이칼 호) 연안에 19년 동안 유폐되었다가 마침내 귀국했다.

통역관이 부끄러운 기색을 띠면서 곧바로 여러 일본인들과 소곤소곤 귓속말을 주고받으며 뭔가 타협을 했다. 여러 사람이 허둥지둥 복도로 빠져나갔다.

잠시 후 통역관이 와서 전하였다.

"태수가 나오지 않게 되었으니 청컨대 손님들께서는 바깥 채에 머물며 연회를 즐기고 돌아가시기 바랍니다."

그러고는 종이 두어 폭을 가지고 와서 화원(畵圓)과 사자관(寫字官)에게 그림과 글씨를 받아 가고 나에게는 끝내 한마디 말도 하지 않았다. 아메노모리 호오슈우 등 여러 사람은 내가 끝내 절도 하지 않고 선물을 바라지도 않을 것이라 짐작하여 가만히 태수에게 보고하기를 나와는 만나지 않는 것이 좋겠다고 하였고, 그래서 글도 청하지 않은 것이다.

외교를 총성 없는 전쟁이라고도 한다. 겉으로는 우호적이고 평화롭게 보이지만 물밑에서는 자국의 이익을 관철하기 위해 외교관들끼리 치열하게 다투기 때문이다. 그 다툼은 상대국에 대한 의전(儀典)이나 외교문서의 문구 등을 통해 이루어진다. 신유한은 일개 지방관에 불과한 쓰시마 태수에게 임금의 명을 받고 온 자신이 절을 하는 것은 외교상의 의전에 맞지 않는다고 지적한다. 전례를 그대로 답습하지 않고 이치에 맞게 따지는 그의 태도가 당당하다. 또 올바른 방법이 아니면 금은보화를 준다 하더라도 자신의 재능을 팔지 않겠다고 한 데서 문인으로서의 자부심을 엿볼 수 있다. 6월 30일 쓰시마에서의 일이다.

국서를 받들고

식사를 마친 뒤 국서(國書)를 실은 가마를 받들고 나섰다. 사신들은 금관을 쓰고 옥으로 만든 장식물과 조복[1]을 갖추고 홀[2]을 잡고 조선에서 가지고 온 가마를 탔으며, 나와 수석 통역관 세 사람과 상통사는 흑단령(黑團領)을 입고 가마를 탔다. 서기와 의관도 모두 흑단령에 사모[3]를 쓰고 띠를 둘렀다. 군관은 깃을 꽂은 갓을 쓰고 비단 도포를 입고 칼을 차고 활집과 화살통을 메고 채찍과 활을 들었으며, 금빛 안장을 얹은 좋은 말을 탔다. 지휘권을 상징하는 깃발과 도끼를 들기도 하였다. 양쪽에서 악대가 느린 음악을 연주하며 대열을 맞추어 나아갔다.

첫 번째 성문에 들어가니 구경 나온 남녀가 누에 머리처럼 빽빽이 들어찼는데 모두 비단옷을 입고 있었다. 두 번째 성문에 들어가니 우뚝 솟은 빛나는 저택이 즐비했다. 모두 긴 행랑으로 이어져 있었고 벽은 회를 발라 새하얗고 문 밖에는 창과 깃발이 세워져 있어 궁궐과 같은 위엄이 서렸으며 채색한 벽과 층층 난간에는 자줏빛 술이 쌍으로 드리워져 있었다. 주렴과 비단 장막 사이로 엿보는 사람들이 마치 일천 숲 속의 꽃처럼 화려했

---

1   조복(朝服): 조정에 나아갈 때 입는 의복.
2   홀(笏): 관원이 임금을 알현할 때 손에 쥐는 막대 모양의 물건. 상아나 나무로 만든다.
3   사모(紗帽): 관복을 입을 때 쓰는 검은 모자.

다. 이 저택들은 모두 집정[4]과 태수 또는 귀족의 집이었다. 세 번째 성문에 다다랐는데 이것이 궁성(宮城)이었다. 담장만 있을 뿐 해자도 없고 포대(砲臺)도 설치하지 않았다. 궁성의 모양새가 우리나라 궁궐 담벼락처럼 화려하였지만 훨씬 높고 거대했다.

군관 이하 사람들은 궁성문 밖에서부터 말에서 내려 활과 화살통, 칼을 내려놓고 걸어서 들어갔다. 깃발과 악기도 모두 놓아두고 들어갔다. 조금 들어가자 문이 하나 나왔다. 수석 통역관 이하의 관원들이 가마에서 내려 걸어 들어갔다. 조금 가서 또 문이 나오자 사신이 가마에서 내렸다. 쓰시마 태수와 사신을 접대하는 승려 두 명, 그리고 두 관반(館伴)[5] 및 빗츄우 주(備中州) 태수가 문 안에서 읍을 하며 영접하고 안으로 인도하여 들어갔다. 나와 여러 상급 관원들도 모두 뒤따랐다. 또 문이 하나 나타나자 수석 역관이 국서를 모신 궤를 가마에서 꺼내어 두 손으로 받쳐 들고 들어갔다. 그 뒤를 사신과 관원들이 따라갔다.

문 안에는 '정'(丁) 자 형태로 된 높은 누각이 있었는데 널빤지로 된 사다리를 타고 올라가서 복도로 통하게 되어 있었다. 이것을 현관(玄關)이라 한다. 위로 올라가니 맨발에 붉은 옷을 입고 검은 모자를 쓴 사람 예닐곱 명이 맞이하였다. 그들은 읍을 한 다음 일행을 인도하여 갔다. 복도를 따라 대청에 들어가서 상 위에 남쪽을 향하여 국서를 놓은 다음 사신과 쓰시마 태

---

4 집정(執政) : 정치의 실무를 담당하는 관리.
5 관반(館伴) : 사신을 접대하는 관리.

수, 사신을 접대하는 승려가 차례대로 동서로 마주 보고 앉았다. 잠시 후 대목부[6]에서 관원이 나와 쓰시마 태수에게 들어가자고 하자 태수가 수석 역관에게 말을 전했다. 수석 역관이 선두에서 국서를 받들고 앞서 갔고 사신들이 뒤따랐다. 정청(正廳: 관아의 중심 건물)에 이르러 국서를 탁자 위에 모셨는데 관백이 앉아 있는 전각(殿閣)과는 벽 하나를 사이에 두고 있었다. 각 주의 태수와 관직이 높은 이들이 관복을 입고 맨발인 채로 모여 있었다. 태학의 수장인 하야시 노부아쓰(林信篤)도 그곳에 있었다. 사신은 동쪽에 앉아 서쪽을 향하였고 쓰시마 태수는 남쪽을 향해 비스듬히 앉았다.

잠시 후 집정 가운데 우두머리인 미나모토 마사미네(源正峯)가 쓰시마 태수를 불러 뭐라 말했다. 수석 통역관이 곧 국서를 받들고 전각의 문턱에 이르러 꿇어앉아 쓰시마 태수에게 국서를 전달하자 태수가 무릎을 꿇고 국서를 받아서 전각 안으로 들어가 집사에게 전달하니 집사가 국서를 받들어 관백의 자리 앞에 놓았다. 그런 다음 가지고 온 폐물을 전각 밖에 진열하고 예물로 가지고 온 말은 안장을 올린 채로 뜰 앞에 세워 놓았다. 정청에 국서를 모신 다음부터는 사신과 수석 역관 외에는 달리 일을 맡은 사람이 없어서 나와 여러 동료들은 모두 복도에서 지켜보고 있을 따름이었다.

사신은 들어가서 관백에게 절하고 나왔다가 다시 들어가서

---

6   대목부(大目付): 감찰을 담당하는 부서.

술 따르는 예식을 행하고 나왔다. 상관7들이 잇따라 차례로 들어가 수석 통역관 세 사람은 기둥 안쪽에서 절하고, 나와 군관과 서기를 비롯하여 역관, 의관, 서화관(書畵官)은 기둥 바깥에서 절하고, 차관8과 소동(小童) 이하는 모두 툇마루에서 절하고, 중관9과 하관10은 다 뜰 아래에서 절했다. 모두 네 번 절하고 물러나왔다.

에도 성에 들어가 조선 국왕이 보낸 국서(國書)를 막부의 쇼군에게 전달하는 과정을 서술한 글이다. 묘사가 생생하여 성에 들어가 국서를 전달하기까지의 과정이 눈앞에 펼쳐지는 듯하다. 두 번째 성문 안에 있는 저택들은 막부 고위 관리와 전국 각지의 제후들이 사는 집이다. 에도 막부는 지방 제후들을 장악하기 위해 산킨코오타이(參勤交代) 제도를 시행했다. 이 제도는 제후의 처자를 에도 성 아래에 머물게 하고 제후는 격년

---

7   상관(上官): 통신사행원을 다섯 등급으로 나누었을 때 두 번째 등급. 상통사, 제술관, 양의(良醫), 차상통사, 압물관(押物官), 사자관, 의원(醫員), 화원, 자제군관(子弟軍官), 군관, 서기, 별파진(別破陣)이 여기에 속한다.

8   차관(次官): 통신사행원을 다섯 등급으로 나누었을 때 세 번째 등급. 마상재(馬上才), 전악(典樂), 이마(理馬), 숙수(熟手), 반당(伴倘), 선장(船將)이 여기에 속한다.

9   중관(中官): 통신사행원을 다섯 등급으로 나누었을 때 네 번째 등급. 복선장(卜船將), 소동(小童), 노자(奴子), 소통사, 도훈도(都訓導), 예단직(禮單直), 청직(廳直), 반전직(盤纏直), 사령(使令)과 하급 군관 및 악사(樂士) 등이 여기에 속한다.

10 하관(下官): 통신사행원을 다섯 등급으로 나누었을 때 다섯 번째 등급. 풍악수(風樂手), 도우장(屠牛匠), 격군(格軍)이 여기에 속한다.

으로 영지(領地)와 에도를 오고 가게 한 것인데, 제후의 반란을
사전에 방지하기 위한 조치였다. 10월 1일의 기록이다.

관백의 회답서

집정 미나모토 시게유키(源重之)와 후지와라 다다마사(藤原
忠眞) 두 사람이 관백의 화답 국서를 받들고 왔는데 의장(儀仗)
이나 모시는 의식이 없었다. 숙소의 문에 이르자 쓰시마 태수가
국서가 든 궤를 두 손으로 받들고 먼저 들어왔고 두 집정이 뒤
따랐다. 사신 이하의 관원이 모두 흑단령을 입고 밖으로 나와
영접했다. 쓰시마 태수가 궤를 정청(正廳)의 탁자 위에 놓자 사
신과 집정이 두 번 읍하고 차례대로 동서로 마주 보고 앉았다.
집정이 태수를 시켜 다음과 같은 관백의 말을 전했다.

"숙소에 머문 지 여러 날이 지났는데 어떻게 지냈는가? 귀
국할 날이 머지않았는데 큰 바다를 건널 때 부디 조심하여 행
차가 편안하길 바란다. 답서(答書)와 함께 별도의 예물을 보냈으
니 잘 가지고 돌아가라."

사신들이 자리에서 일어나서 다가가 관백이 전하는 말을
다 들은 뒤에 다시 제자리로 돌아왔다. 붉은 옷을 입은 관원이
예물 목록 세 장을 가지고 와서 수석 통역관을 통하여 사신에
게 전하자 사신이 또 나아가서 받았다. 나와 수석 통역관 세 명,
상통사 한 명, 군관 한 명이 각각 차례대로 꿇어앉아 하나씩 받
았고, 또 중관과 하관도 한 명씩 모두 예물 목록을 받았다. 거기
에 쓰여 있는 것은 모두 개인에게 주는 물품의 목록이었다. 집
정이 검은색의 관복을 입고 회답 국서를 받들었다. 붉은 옷을
입은 관원은 가까이 모시는 신하 혹은 왕족의 일을 맡아 보는

관원으로, 선물을 전달하는 일을 맡았다. 선물은 은(銀)과 면(綿)인데, 은은 오오사카에 가서 별도의 창고에 보관해 놓은 것을 준다고 했다. 사신이 수석 통역관을 시켜 집정에게 감사하다는 말을 전하니 집정이 일어나서 나갔다.

회답 국서를 다시 봉할 때 일일이 열어 보았는데, 붉은 칠을 한 나무 궤를 열자 그 안에 순은(純銀) 궤가 있었고 궤 속에 채색 종이로 싼 답서를 넣었는데 종이의 길이는 궤에 들어갈 정도의 크기였다. 종이를 펼쳐 보니 짙은 붉은색과 옅은 자색으로 산수를 그려 놓았고 간간이 흰 가루로 산봉우리를 덮은 눈을 표현해 놓았다. 국서에는 다음과 같은 내용이 적혀 있었다.

> 일본국 미나모토 요시무네(源吉宗)는 조선 국왕 전하께 공경하는 마음으로 회답합니다. 사신이 먼 길을 와서 정성스럽게 방문하여 주었기에 옥체(玉體)가 편안하심을 알게 되었으니 양국에 온갖 복이 함께할 것입니다. 바야흐로 양국이 길한 조짐을 따라 교류하니 이는 서로 평화롭게 공존하는 길입니다. 그러므로 옛 전례에 의거하여 새로이 친선의 길을 닦고자 합니다.
> 폐백으로 보내 주신 많은 물건에 어떻게 보답하오리까? 이는 실로 두 나라가 길이 우호를 다지는 뜻을 담은 것이니, 예(禮)로써 서로 우호하는 관계가 앞으로 더욱 깊어지리라는 것을 알 수 있습니다. 여러 가지 물품을 통신사 일행을 통해 보내오니 정성스러운 마음을 갖기는 서로 마찬가지임을 살펴 주십시오. 다 갖추지 못합니다.

교오호오(享保) 4년(1719) 10월 11일 미나모토 요시무네는 머리를 조아립니다.

국호와 연호는 두 자를 올려 썼고 우리 임금님을 뜻하는 '옥체'는 한 자를 올려 썼으며 나머지는 모두 줄을 맞추어 썼다. 자획이 가늘고 반듯했으니, 태학의 수장 하야시 노부아쓰가 지어 올린 것이었다.

미나모토 요시무네는 에도 막부의 8대 쇼군인 도쿠가와 요시무네(德川吉宗)를 가리킨다. 도쿠가와(德川) 가문의 원래 성은 미나모토(源)였는데, 도쿠가와 이에야스가 1566년 조정의 허가를 받아 '도쿠가와'로 성을 바꾸었다. 막부 쇼군의 공식 직함은 정이대장군(征夷大將軍)인데 국서에 직함을 쓰지 않고 이름만 쓰고 있다. '대장군'이라는 직함을 쓰면 자신을 천황의 신하로 인정하는 꼴이 되어 조선 국왕과 대등한 예로 국서를 주고받을 수 없기 때문이다. 10월 11일 에도에서의 기록이다.

한글

저물녘에 나고야에 도착했다. 도시가 지난번 지나갈 때보다 더욱 웅장하고 화려해 보였고 구경 나온 남녀들도 더욱 많았다. 내가 이미 일본의 3대 도시 오오사카, 교오토, 에도를 보았는데 그다음을 들자면 아마도 나고야가 속해 있는 오와리 주(尾張州) 일 것이다.

란코오(蘭皐)와 겐슈우(玄洲)¹ 두 사람이 마중 나와 환영하였고 먼 데서 온 사람들이 물고기를 꿴 듯 모여 있었다. 앉아서 보니 사람들이 마루와 복도와 마당에 가득한데, 좁다고 내려가는 사람도 있었고 끌고 올라오는 자도 있었고 둘러서서 곁눈질하는 자도 있었다. 모두 나의 시를 얻거나 한마디 말을 들으려는 사람들이었다. 어떤 사람은 지난번에 내가 지어 준 시를 채색한 천에 적어 와 낙관을 받아 가기도 하였고, 자신의 원고를 모아 다른 사람을 통하여 나에게 보이면서 한마디 비평을 구하는 자도 있었다. 동자가 먹을 가는데 피로해 보여 일본인에게 대신 갈게 했다. 종이가 구름처럼 겹겹이 쌓였고 붓이 숲처럼 꽂

---

1   란코오(蘭皐)와 겐슈우(玄洲): 기노시타 란코오(木下蘭皐, 1681~1752)와 아사히나 겐슈우(朝比奈玄洲, ?~1734)를 가리킨다. 두 사람 모두 일본의 저명한 학자인 오규우 소라이(荻生徂徠, 1666~1728)의 문하에서 수학한 뒤 오와리 번에서 벼슬을 하였다. 란코오는 중국어에 능통하였고 겐슈우는 전서(篆書)를 잘 써서 통신사에게 칭찬을 받았다. 이로 인해 그들의 명성이 일본 전역에 알려졌다.

혀 있었으나 이내 바닥이 나서 새로 들여왔다. 나도 이따금 갈
증이 날 때마다 밀감을 까서 목을 축이며 시를 지어 주었다. 상
대방이 지은 시의 운자(韻字)를 따서 화답하는 시를 짓기도 하
였는데 초고를 쓰고 다듬을 새도 없이 사람들이 소매에 넣어
가져가 버리니, 몇 편이나 썼는지 나도 알 수 없었다. 마지막으
로 겐슈우가 자기가 쓴 글씨를 보였는데 대전과 소전²이 몹시
기이했다. 란코오가 자신의 시집 두 권을 보여 주기에 서문을
써 주었다.

일본인들이 우리나라 언문(諺文: 한글)의 글자가 어떻게 생
겼는지 보여 달라고 하므로 대략 써서 보여 주었다. 또 어느 시
대에 창제하였는가 묻기에 나는 이렇게 말했다.

"우리 세종대왕께서 성스러운 덕을 갖추시고 온갖 학문에
두루 통달하시어 열다섯 행의 새로운 글자를 만들어 만물의 음
을 표현할 수 있게 하셨으니, 지금으로부터 3백 년 전의 일이
오."

여러 일본인이 모여서 언문을 보고 말하였다.

"글자의 생김새가 별이나 초목 같으니 하도와 낙서³의 형상
을 취해 만든 것이 분명하다."

---

2   대전(大篆)과 소전(小篆): '대전'은 주(周)나라 때의 글자체로 상형문자에 가깝
    다. '소전'은 진시황이 전국시대의 중국을 통일하고 나서 각국의 문자를 정리하
    여 만든 글자체로 대전보다 조금 정형화된 글자체이다.
3   하도(河圖)와 낙서(洛書): '하도'는 황하에서 나온 용마(龍馬)의 등에 그려져 있
    었다는 그림이고, '낙서'는 낙수(洛水)에서 나온 거북이의 등에 쓰여 있었다는 글
    을 가리킨다. 둘 다 자연의 변화와 운행 원리를 함축하고 있다고 여겨졌다.

밝은 빛깔이 도는 좋은 옷을 입은 사람이 와서 곧바로 자리에 올라 앉아 두리번거리자 내 옆에 있던 자들이 놀라고 두려워하는 기색을 보였다. 그 사람이 손을 흔들어 번거롭게 하지 말라는 기색을 보이니 좌중이 갑자기 조용해졌다. 내가 이상하게 여기자 젠슈우가 작은 종이에 "나고야의 귀공자인데 학사님께서 글을 짓고 쓰시는 것을 보러 온 것입니다"라고 써서 넌지시 보여 주었다. 새벽이 되어도 사람들이 글을 지어 달라고 끊임없이 요청해 왔다.

　돌아오는 길에도 갈 때와 마찬가지로 수많은 일본인들이 통신사 일행과 만나 시와 문장을 주고받고 싶어했다. 일본 문인들 사이에 조선에 관한 지식을 얻고자 하는 욕구가 팽배해 있었던 것이다. 이들이 나눈 대화가 기록된 필담집(筆談集)을 살펴보면 일본인들은 조선의 역사, 인물, 제도, 풍습, 지리 등 광범위한 영역에 걸쳐 호기심을 보였다. 필담집 중에는 한글 단어의 음과 뜻을 가나(假名)로 적어 놓은 것도 있다. 또 일본인이 한글 소설에 대해 물어보는 내용도 보인다. 에도 시대에는 국문 표기법인 가나가 널리 쓰였는데, 그래서인지 일본인들은 조선의 국문, 즉 한글에 대해서도 많은 관심을 보였다. 10월 25일의 기록이다.

도요토미 히데요시의 절 다이부쓰지

어제 오오쓰(大津)에서 쓰시마 태수가 봉행을 시켜 이렇게 전하였다.

"예전부터 사신 행차는 돌아가는 길에 반드시 다이부쓰지 (大佛寺)에 들렀습니다. 다이부쓰지는 교오토에서 남쪽으로 약 5리 정도 떨어져 있는데, 쇼군께서 미리 번주(藩主)에게 명하여 술과 안주를 마련해 연회를 준비하였으니 내일 아침에 왕림해 주시기 바랍니다."

사신은 이렇게 대답했다.

"태수가 관백의 명으로 성대한 연회에 초대하는데 어찌 사양하겠소? 다만 우리나라에 있을 때 듣기로 다이부쓰지는 도요토미 히데요시의 위패를 모신 곳이라 하였소. 이 도적이 우리나라에 끼친 해악은 백 년이 지나도 잊을 수 없으니 불구대천의 원수요. 하물며 그런 곳에서 술을 마시다니, 있을 수 없는 일이오. 생각해 준 뜻은 고맙지만 사양하겠소."

봉행과 재판,[1] 아메노모리 호오슈우 등이 모두 사신을 만나 뵙기를 청하고 앞으로 나아와 말했다.

"위패를 모신 곳이라니, 일본 사람들은 그런 말을 들어본 적이 없습니다."

---

1   재판(裁判) : 일본 국내에서 통신사를 수행하는 관직.

사신이 "여러 말 마시오" 하며 물리치기를 두 번이나 했다.

쓰시마 태수가 수석 역관과 상의하더니 이렇게 물었다.

"사신의 뜻이 이와 같으니 쇼군께 명령을 받은 제가 죄를 면할 길이 없겠습니다. 절 문 밖에 장막을 치고 모시면 어떻겠습니까?"

사신이 이 말을 듣고 말하였다.

"굳이 그렇게 하겠다면 절 문에서 조금 떨어진 민가에서 해도 충분할 터이니, 구차하게 장막을 칠 것까지야 있겠습니까?"

태수가 그리 하겠다고 했다.

교오토에서 점심을 먹고 출발하려는데 쓰시마 태수와 두 장로²가 숙소 밖에서 수석 통역관을 통해 말을 전해왔다.

"경조윤³이 장막을 치고 연회를 받겠다는 여러분의 말씀을 듣고 몹시 사리에 어긋난다고 생각하니, 이 일을 어찌하면 좋겠습니까? 다시 생각해 보시고 분부해 주셨으면 합니다."

사신이 대답했다.

"내가 결코 그 절에 들어가지 않겠다고 한 것은 의리로 볼 때 원수를 잊을 수 없기 때문이오. 혹 관백이 이 말을 받아들이지 않는다 할지라도 옳지 않은 일을 가지고 사람을 굴복시킬 수는 없는 법이거늘, 어찌 관백도 아닌 경조윤의 말을 듣고 다시 생각해 본단 말이오? 반드시 이 말을 에도에 아뢰어 일을 처리

---

2   장로(長老) : 통신사를 수행한 일본의 승려를 가리키는 말.
3   경조윤(京兆尹) : 교오토를 다스리는 관직.

하시오. 만 리 바다를 건너온 우리는 죽고 사는 일을 터럭과 같이 하찮게 여기니, 비록 십 년을 머물더라도 굽히지 않을 것이오!"

그러자 쓰시마 태수와 두 장로가 또 말했다.

"이 절이 정말 히데요시를 위해 지은 것이라면 사신께서 이 절에 들어가지 않는 것이 의리에 맞습니다. 그러면 저희 일본인들은 귀하의 의로움을 칭송할 따름이지 어찌 감히 번거롭게 거듭 청하겠습니까? 그러나 이 절이 히데요시의 위패를 모신 곳이라는 말은 근거가 없는 말인데도 그걸 믿고 계십니다. 저희 쇼군께서 이곳에서 연회를 베풀어 사신을 대접하는 것은 오래된 예식인데 하루아침에 어겨도 될지 모르겠습니다."

연이어서 온종일 말이 오갔는데도 사신이 확고부동하게 버티며 허락하지 않자 일본인들은 답답하고 민망하게 여기며 물러났다. (…)

쓰시마 태수와 장로가 사신이 끝내 뜻을 굽히지 않을 것임을 알고 경조윤을 만나 다시 의논했다. 경조윤은 이렇게 말하였다.

"장막을 치거나 민가를 빌려 연회를 하게 되면 쇼군께서 사신들에게 베푸는 연회의 예법에 맞지 않으니 결코 그리할 수 없소. 사신이 의리에 어긋나기 때문에 가지 않겠다고 한 것은 그곳이 히데요시의 위패를 모신 절이라는 말을 들었기 때문이니, 만약 그 말이 근거 없는 말임을 문서로써 증명한다면 사신이 어찌 계속 고집할 수 있겠소?"

그러고는 자기 집에 간직하고 있던 『일본연대기』(日本年代

記) 한 권을 내주며 사신에게 보이도록 했다. (…)

사신이 그 책 속에 실려 있는 연대를 상고해 보니 다이부쓰지는 도쿠가와 이에미쓰(德川家光)를 위해 지은 절이었다. 잠시후 쓰시마 태수와 장로가 다시 와서 거듭 간청했다.

"비밀리에 소장하고 있는 책까지 보여 드린 것은 그 절이 히데요시를 위해 지은 것이 아니라는 것을 여러분께 알려 드리기 위해서입니다. 믿을 만한 역사책을 보시고 의문을 푸셨으니 그 절에 가지 않으실 이유가 없을 것입니다. 깨끗이 청소하고 준비해서 왕림하시기를 기다리겠습니다."

사신들이 마침내 참석하기로 합의했다. (…)

정사(正使)와 부사(副使)가 봉행에게 내일 잠시 들르겠다는 뜻을 전하니 봉행과 여러 일본인이 그 말을 듣고 물러갔다. (…)

동남쪽으로 십여 리 정도 가서 다이부쓰지에 도착하였다. 절은 길거리의 여염집 사이에 있었다. 전각이 높고 컸으며 들보와 기둥은 모두 나무인데 금칠을 했다. 안에는 높이가 대여섯 길이나 되는, 금으로 된 관음보살상을 모셔 놓았다. 두 장로가 행랑 아래에서 맞아 주어 잠시 앉아 담소를 나누었다. (…)

잠시 후 봉행이 관백의 명을 받들어 연회상을 들였다. 음식이 풍성하고 정갈하여 먹을 만했다. 쓰시마 태수가 또 다른 자리를 마련하여 음식을 들여왔기에 자리를 옮겼다. 전각(殿閣)의 동쪽 모퉁이에 33칸이나 되는 긴 회랑이 일자로 뻗어 있었는데, 거기에 층층이 단을 만들고 그 위에 3만 3,333개의 불상을 모셔 놓았다. 불상들이 비늘처럼 줄지어 서서 금빛 형상을 드러내고 있었다. 큰 불상 하나마다 작은 불상 열 개가 딸려 있어 손으로 하나하나 헤아릴 수 있었다.

갑자기 스무 살 무렵의 일이 생각났다. 꿈속에서 금빛 전각 안에 들어갔더니 금불상 수만 개가 가득하였고 그 아래에서 어떤 사람이 금불상을 가리키며 "삼천세계다!"라고 하였다. 그런데 지금 이곳에 와 보니 황홀하기가 꿈속에서 본 것과 똑같았다.

쓰시마 태수가 대접하는 음식 또한 몹시 정갈하여 약간 취하게 마시고 나왔다. 날이 어스름해질 무렵 요도 성(淀城)에 도착했다.

도요토미 히데요시는 임진왜란을 일으킨 장본인으로 조선 사람들에게는 불구대천의 원수이다. 임진왜란이 끝난 지 불과 백여 년밖에 지나지 않은 시점이라 아직 적개심이 가시지 않은 상황인데 히데요시의 위패를 모신 절에서 연회를 연다고 하니 사신들이 분노한 것이다. 경조윤이 다이부쓰지가 도요토미 히데요시를 위해 지은 절이 아니라는 것을 증명하기 위해 통신사 일행에게 보여 준 『일본연대기』는 사실 위조된 책이다. 다이부쓰지는 원래 1586년 히데요시가 지었으며, 후에 그의 아들 도요토미 히데요리(豊臣秀賴)가 재건한 바 있다. 절 근처에는 임진왜란 당시 일본군이 조선 사람들의 귀를 베어 가 만든 이총(耳塚)도 있다. 이런 곳에서 연회를 고집한 일본 측의 저의가 무엇인지 의심스럽다. 교오토에서 11월 1일과 2일 이틀간에 걸쳐 일어난 일이다.

통역관의 인삼 밀무역

1

비장[1]의 고발에 따라 종사관이 밤중에 통역관의 행장을 수색했는데 권흥식(權興式)의 행장에서 인삼 20근과 은 2,150냥, 황금 24냥이 나오고 오만창(吳萬昌)의 행장에서 인삼 한 근이 발견되었다. 두 사람을 묶어서 큰 칼을 씌우고 쓰시마에 도착하면 처벌하기로 결정했다. 사신 행차가 출발할 때 인삼 밀매를 국법으로 금지했다. 역관이 이 금지령을 범했을 시, 밀매한 액수가 금 10냥 이상일 경우에는 바로 목을 베게 되어 있었다. 이들은 죽음을 무릅쓰고 법을 어겼으니 곧바로 처벌해야 하지만 다른 나라에 소문을 내지 않으려 한 것이다.

2

통역관 권흥식이 독약을 마시고 자살했다. 권흥식이 금지령

---

1   비장(裨將) : 사신을 수행하는 무관.

을 범하고 인삼 밀매를 하였으니, 법률에 따르면 참형(斬刑)에 해당한다. 사신이 조정에 글을 올려 우리나라의 경계에 들어가 목을 베기로 하였는데, 권홍식은 그것을 알고 자살한 것이다. 죄는 용서하기 어려우나 몹시 불쌍하다는 생각이 들었다. 종사 관이 배 위에서 검시하고 역관들에게 초상을 치르게 했다. 죄인 을 지키던 자들에게는 잘 감시하지 못한 죄로 형벌을 내렸다.

통역관 권홍식의 범죄가 발각된 것은 에도에 머물 때의 일인 데 부산으로 떠나기 며칠 전 쓰시마에서 스스로 목숨을 끊고 말았다. 명나라는 해금(海禁) 정책을 취하여 해외 무역을 엄격 히 금지하였다. 이에 조선은 중국의 생사(生絲)를 가져다가 일 본에 파는 중계무역을 통해 막대한 이득을 취할 수 있었다. 그 러나 1684년 청나라의 해금 해제와 동시에 일본이 나가사키 항을 통해 청나라와 직접 교역하게 되면서 조선의 중계무역은 쇠퇴했다. 중계무역에 종사하던 상인들은 일본에서 상품 가치 가 높은 인삼을 매매하는 데 몰려들었는데, 그 규모가 지금 돈 으로 환산할 때 연간 200억 원 이상 되었다고 한다. 이들은 직 접 일본의 상인들과 접촉하거나 통신사행의 역관을 통해 밀매 를 시도했다. 권홍식이 지니고 있었던 인삼 20근을 지금 돈으 로 환산하면 적게 잡아도 9천만 원 이상이다. 일본에서는 조선 국내 가격의 4배 이상에 팔렸다고 하니 3억 원이 넘는 가치를 지닌다. 소지하고 있던 금과 은까지 합한다면 일개 하급 통역 관을 통해 수억 원 상당의 인삼 밀매가 이루어지고 있었던 셈이 된다. 각각 10월 7일, 12월 28일의 기록이다.

무력을 숭상하는 나라

허수아비 천황

천황의 궁궐은 숙소의 서남쪽에 있다고 하는데 일본인들이 모두 말하기를 꺼려 물어도 대답하지 않았다. 또 우리나라 사람들이 궁궐을 바라보지도 못하게 하고 천황이 어느 궁궐에 사는지도 알지 못하게 했다. (…)

옛날에는 천황이 권력을 쥐고 세 정승과 여섯 부서장을 통솔하여 모든 관리를 다스리고 대장군을 두어 군대를 통솔하였는데, 중세(11~16세기) 이후로는 대장군이 스스로 관백이 되어 나라의 권력을 잡았다. 그 뒤로 이른바 천황이라는 존재는 궁궐 안에서 아무 하는 일 없이 살아서 그의 호령이 궁성 밖으로는 미치지 못했다. 단지 연호(年號)를 정하고 역서(曆書)를 반포하며 은화에 '보'(寶)라고 새겨 주는 대가로[1] 10분의 1의 세금을 받았다. 또 신하에게 관직을 내리는 문서에 황제의 인장을 찍어 주기 때문에 관직을 받은 신하가 와서 천황을 뵙고 감사드리는 예우가 있고, 또 도성 안의 백 리 땅을 직접 다스릴 뿐이다.

천황은 한 달 중 보름날이 되기 전에는 단정히 앉아 향을 사르고 있지만 보름날 뒤에는 연회와 오락을 즐긴다. 궁궐 밖으로 나갈 때는 금과 은을 아로새긴 수레를 타며 궁궐 안에 있

---

1   은화에 '보'(寶)라고 새겨 주는 대가로: 은화를 발행할 때 천황의 승인을 얻는다는 뜻이다.

을 때는 비단옷을 입고 진수성찬을 먹는다. 첫째 아들을 제외한 천황의 모든 아들은 승려가 되어 칭호를 법친왕(法親王)이라 하고 딸도 비구니가 되게 한다. 따라서 부마나 공주라는 명칭이 없다. 그리고 측근의 귀한 신하 가운데 문장과 역사에 관련된 일을 맡은 사람을 법인 혹은 법안²이라 하니, 임금과 신하가 마치 제석궁³의 뜰에 앉아 있는 문수보살과 나한⁴ 같았다.

천황을 두되 관백, 즉 쇼군(將軍)이 실권을 지니는 이원적인 정치 체제는 메이지 유신 때까지 3백여 년간 계속되었다. 원칙적으로는 조선 국왕과 일본 왕(천황) 사이에 국서(國書)의 교환이 이루어져야 하나 쇼군이 이것을 대신하고 있었으니 사실상 대등한 외교 관계라 할 수 없었다. 그래서 일본인들이 통신사 일행에게 천황의 존재를 숨기려고 한 것이다. 역서를 반포한다는 말은 달력을 만들어 제후들에게 나누어 준다는 뜻으로 전근대 동아시아에서 천자만이 가질 수 있는 권한이었다. 일본의 천황은 역서를 반포하기는 했지만 정치적인 실권은 전

---

2   법인(法印) 혹은 법안(法眼) : 법인은 불법(佛法)이 진실하여 영원불변함을 나타내는 표지를 뜻하고, 법안은 모든 법을 분명히 관찰하는 눈을 가리킨다. 둘 다 승려의 법명(法名)으로 자주 쓰인다.
3   제석궁(帝釋宮) : 수미산 정상 도리천에 있다고 하는 제석천왕의 궁전. 제석천왕은 부처님의 법회를 수호하고 인간의 번뇌와 죄를 다스리는 일을 맡은 신이다.
4   나한(羅漢) : 불교에서 수행을 통해 깨달음을 얻은 이를 가리키는 말. 아라한(阿羅漢)이라고도 한다.

혁 가지지 못했다. 황족이 출가하여 승려가 되고 신하들에게
도 법명을 붙였다는 사실도 흥미롭다. 그래서 신유한이 황궁
을 불교의 제석궁에 비유한 것이다. 9월 11일 교오토에서의 일
이다.

천혜의 군사도시 에도

에도는 무사시 주(武藏州)에 속한다. 교오토에서 동쪽으로 1,300리 떨어진 곳에 있기 때문에 도오토(東都: 동쪽 도성)라고도 한다. 도오부(東武) 혹은 부쇼오(武昌)라 부르기도 하는데 무사시 주에서 따온 이름이다. 에도는 땅이 넓고 비옥하여 오곡이 모두 잘 자란다.

서남쪽 2백 리에 하코네(箱根)라는 험한 고개가 있는데, 이곳에 식량을 쌓아 두고 관문을 설치하여 다른 주(州)로 통하는 길목을 막았다. 또 동쪽으로는 큰 바다에 접해 있어 배가 성 밑에서 출발하여 하룻밤이면 곧바로 오오사카와 나가사키까지 도착하고, 북쪽으로는 도오카이도오(東海道), 호쿠리쿠도오(北陸道) 등지로 통한다. 험한 산과 바다로 둘러싸여 침입하기가 쉽지 않은 곳이다. 도쿠가와 이에야스가 처음 스루가(駿河)에 있을 당시, 도요토미 히데요시가 일본 천하를 차지하고서도 이곳에서 버티고 있던 도쿠가와 이에야스를 굴복시키지 못했으니 이곳의 지세(地勢)가 이처럼 험했기 때문이다. 이에야스가 히데요시를 쳐서 이기고 에도로 도읍을 옮겨 세 겹의 성을 쌓았는데 둘레가 50여 리나 되며 공관(公館), 각 번(藩)의 저택, 서민의 가옥이 천만을 헤아렸다. 사방의 큰 성과 이름난 도시에서 징수한 가옥세가 모두 관청으로 들어가므로 금은보화가 산더미처럼 쌓였고, 도시와 시골의 창고가 가득 찼으며, 뛰어난 인재며 검객이며 화포(火砲)며 전함 등이 나라 안에 가득했다. 법령이 엄하고 가혹하며 식량이 풍부하고 군사력이 강하여 이에야스가 60개 주(州)를 호령하기를 팔이 손가락을 부리듯 했다.

도쿠가와 이에야스 이후 백여 년간 전쟁이 일어나지 않아서 군신(君臣)이 모두 집이나 배, 수레, 옷차림을 꾸미거나 명승지를 유람하는 일에만 몰두했다. 종실(宗室)과 대신(大臣) 이하 정무를 담당하는 사람에게는 나라에서 봉급을 주는 법이 없었지만 각기 관장하는 성과 읍이 있어 태수라 하거나 혹은 공후(公侯)라 했다. 그들은 가신(家臣)에게 고을을 다스리게 하여, 그곳에서 거두어들인 세금으로 먹고 입는 일을 스스로 해결했다. 그래서 온갖 물건이 풍부하고 아름답고 호화찬란하였으며 저택역시 궁궐 같았던 것이다. 성안에는 간간이 흙으로 길이가 수십척이나 되는 돈대(墩臺)를 쌓아 언덕처럼 만들어 놓았다. 이것은 화재에 대비하여 둘레에 못을 파고 창고를 만들어 귀중한 재물을 넣어 둔 곳이라 한다.

남녀들이 아름답게 차려입고 화려하고 고운 것을 자랑하는 풍속은 대체로 오오사카와 비슷하였다.

일본의 센고쿠 시대 말기에 도요토미 히데요시는 다른 모든 제후국을 굴복시키고 천하를 통일했지만 도쿠가와 이에야스가 차지하고 있던 에도 성만은 함락시키지 못했다. 그 결과 천하는 다시 도쿠가와에게로 넘어가고 말았다. 에도에 있는 일부 관리는 막부로부터 봉급을 받았지만 대부분의 고위 관리는 전국 각지에 있는 자신의 영지에서 걷은 세금을 가지고 에도

에서 생활했다. 따라서 이들에게 생필품을 공급하기 위해 상
공업이 크게 발달하였으며, 이를 바탕으로 에도는 당시 세계
에서 손꼽히는 대도시로 성장하게 된다.

『산해경』에 그려진 일본

내가 아메노모리 호오슈우와 필담을 나누면서 이렇게 물었다.

"일본이 큰 바다 가운데에 있으니, 혹시 『산해경』(山海經)에 기록된 신기하고 괴이한 사람이나 동물이 표류해 온 적이 있습니까?"

그러자 호오슈우는 이렇게 말했다.

"아란타와 서양국 사람들이 바다 건너 나가사키로 와서 장사를 하는데 언어와 의복은 같지 않으나 생김새는 별로 다른 점이 없습니다. 다만 십여 년 전에 배 한 척이 난파하여 표류해 온 적이 있는데 배는 물론이고 싣고 있던 짐도 가라앉아 하나도 수습할 수 없었지만 남자 한 명이 살아남아 해안에 닿았습니다. 긴 머리카락은 묶지 않아 이마를 덮었고 두 다리는 모두 청색이었는데 무릎 뼈가 없어 마치 대나무처럼 보였으며 곡식을 먹지 않고 소금만 두어 되 먹었습니다. 말이 통하지 않아 어느 나라 사람인지 알 수 없었는데, 결국 죽고 말았습니다."

나는 이렇게 말했다.

"「대황경」¹에 '현고국'(玄股國)이 있다고 한 것으로 볼 때 다

---

1   「대황경」(大荒經) : 『산해경』의 한 장으로 여러 나라 풍속과 사물, 신의 계보, 괴물 등에 관한 신화적인 내용이 실려 있다.

리가 청색인 것은 '현고'라 할 수 있겠지만² 소금을 먹는다는 내용은 없으니 그 서양 사람이 어느 나라 사람인지 알 수 없군요."

또 물었다.

"동해 가운데에 여인국(女人國)이 있다고 하던데 혹 보거나 들은 적이 있는지요?"

호오슈우는 이렇게 대답했다.

"일본이 바다 가운데의 여러 나라와 바닷길로 서로 통합니다. 그러니 만일 여인국이 있다면 옛일을 잘 아는 어른들이 수백, 수천 년 동안 서로 전해 온 말 가운데 어찌 여인국 사람을 봤다는 말이 없겠습니까? 일본의 동남쪽 바다 가운데 팔장도(八丈島)라는 섬이 있는데 땅이 넓고 백성은 많지만 대부분 여자이고 남자는 열에 둘이나 셋밖에 안 되므로 속칭 '여인의 마을'이라고 합니다. 옛말에 이른바 '여인국'이라 한 것은 여기서 유래한 듯합니다. 이 마을은 지금 일본의 영토가 되었습니다."

내가 생각건대 상고시대에 신령한 사람이 기록한 것은 모두 태초에 섬이 생길 당시의 일이었으므로 어떤 나라의 명칭을 지을 때 그 풍속과 주민에 걸맞게 지었을 테지만, 지금은 풍속과 습성이 변하여 백 가지 가운데 한 가지도 맞는 것이 없다. 도요토미 히데요시가 일본을 통일하면서 합병한 나라들 중에 필시 이와 같은 경우가 많을 것이다.

---

2   다리가 청색인~수 있겠지만 : '현고'는 검푸른 다리를 가진 사람을 뜻한다.

『산해경』은 중국 고대의 지리서로, 산천과 광물, 약초, 동물, 민속, 역사, 종교 등 다양한 정보를 기술한 문헌이다. 신유한은 『산해경』의 기록이 사실과 다른 이유를 나름대로 합리적으로 추론하고 있다. 「문견잡록」의 기록이다.

서복이 일본으로 간 까닭

내가 아메노모리 호오슈우에게 이렇게 물었다.

"기이 주(紀伊州)에 서불(徐市)의 무덤과 서복(徐福)의 사당[1]이 있다고 하던데, 그들이 일본에 들어온 것은 진시황이 서적을 모아 불태우기 전이었습니다. 그래서 세간에 전하는 말로는 진시황이 서적을 모아 불태우기 전의 원본에 가까운 유교 경전을 그들이 일본으로 가지고 왔다고 하는데, 지금 수천 년이 지나도록 그 책이 세상에 나오지 않는 것은 무슨 이유에서입니까?"

호오슈우가 말했다.

"그 말은 허황됩니다. 구양수(歐陽脩)도 그런 말을 한 적이 있지만 사리에 맞지 않는 말입니다. 성현의 경전은 천지 사이의 지극한 보배라 귀신도 그것을 감출 수 없는 법입니다. 그래서 고대 문자로 된 『상서』(尙書)가 한나라 때 어느 집 벽에서 나왔고, 또 제나라 때 배를 연결하여 만든 부교(浮橋)에서도 나왔던 것입니다.[2] 일본이 비록 먼 바다 가운데에 있으나, 그러한 책이 있

---

1   서불(徐市)의 무덤과 서복(徐福)의 사당 : 서복은 진(秦)나라 때 사람으로 신선의 술법을 닦는 방사(方士)였다. 진시황이 불사약을 구하기 위해 수천 명의 동자와 함께 동쪽 바다 끝에 있다는 신선의 나라로 보냈으나 그는 끝내 돌아오지 않았다고 한다. 서불과 서복은 동일 인물인데 신유한은 다른 인물로 생각하고 있다.
2   고대 문자로~나왔던 것입니다 : 중국 고대의 역사서인 『상서』는 진시황의 분서갱유 이후 전해지지 않았는데, 후에 한나라와 제나라에서 발견되었다.

다면 이치상 반드시 나왔을 것입니다. 일본 사람들은 자랑하기를 좋아하니 만약 옛 성인이 남긴 책이 오직 일본에만 있어 천년만년 전할 보배라 여겼다면 비록 법으로 엄격하게 금하더라도 그 책을 파는 것을 막지 못했을 터인데, 애당초 그런 금지령조차 없었으니 그 책이 존재했다면 어찌 세상에 나오지 않았겠습니까?"

서복이 바다에 나간 후 어디로 갔는지 알 수 없었다. 그러자 이야기를 지어내기 좋아하는 사람들은 "서복의 자손이 지금 일본의 천황이 되었고 함께 온 5백 명의 남녀 동자들은 각각 씨족이 되어 비로소 일본이라는 나라가 생겨나게 되었다"라고 하였지만 이는 근거 없는 말이다.

대저 천지가 개벽한 이래 땅이 있으면 사람이 있고 사람이 있으면 임금이 있게 마련이다. 일본이 모든 섬을 합병하여 국토가 거의 수천 수만 리가 되며, 아름다운 산수와 비옥한 들판에 온갖 곡식이 풍부하고 온갖 보화가 난다. 그러니 어찌 진나라 때가 되어서야 일본에 사람이 살기 시작하고 서복이 온 후에야 임금이 있었겠는가?

서복 부자(父子)는 본디 중국 밖의 이민족이었는데 바다 가운데 살 만한 땅이 있는 것을 보고는 진나라의 가혹한 정치를 피하려고 꾀를 내어, 불로초를 캐러 간다는 말로 진시황을 속이고 배와 남녀 동자들을 얻어 간 것이다. 당시 중국에서는 일본 땅이 있는 줄도, 이처럼 풍요로운 줄도 알지 못했다. 서복이 일본에서 살다가 일본에서 죽었다는 말은 믿을 만하지만 지금 일본에 사는 사람들이 그의 자손이라거나 5백 남녀의 후손이 씨족이 되었다는 말은 너무 옛날 일이라 근거를 댈 수가 없다.

한대(漢代) 이래의 유교 경전은 모두 분서갱유 이후의 것이었는데, 어떤 유학자들은 분서갱유 이전에 존재했던 원형에 가까운 경전이 서복에 의해 일본에 전해졌을지도 모른다고 생각하기도 했다. 원형에 가까운 경전일수록 유학의 진의를 담고 있다고 여겨졌기 때문에 당시의 유학자들이 일본에 전해진 경전에 관심을 보인 것이다. 「문견잡록」의 기록이다.

강산의 기운이 사람을 낳으니

1

일본에 왕래하면서 본 이름난 산수 가운데 후지 산과 비와 호가 가장 크고 넓었고 하코네(箱根)가 고개 가운데서 가장 험했다. (…)

일본인들의 습속이 허황한 것을 좋아하여 신기한 이야기를 애써 꾸며 대곤 한다. 그래서 이렇게 말하는 자가 있었다.

"후지 산은 하루 만에 저절로 솟아났고 비와 호도 하루 만에 저절로 생겼으니 이는 신령의 조화로 이루어진 것이다. 그러니 사방에서 유람하러 오는 이는 반드시 목욕재계를 한 뒤에야 재앙을 피할 수 있다. 후지 산에 오르려면 꼬박 열흘 동안 재계해야 하고 비와 호를 구경하려면 하루만 해도 된다."

내가 이 말을 듣고 웃으며 이렇게 말했다.

"그렇게 따진다면 후지 산과 비와 호뿐만 아니라 하늘과 땅 사이에 있는 흙 한 줌, 돌 하나도 모두 신령의 조화로 만들어진 것 아니겠소?"

2

일본의 모든 산이 동북쪽에서 시작하여 뻗어 있으므로 그

지세(地勢)를 보면 동쪽이 높고 서쪽이 낮다. 산세(山勢)가 수려하여 높고 큰 산일지라도 반드시 기이하고 아름답게 솟아 있어, 웅장하고 원대한 형세는 없다. 그 밖의 낮은 산들은 들을 안고 있고 얕은 산봉우리들은 물을 감쌌는데, 모두 나무가 무성하고 고와 마치 그림 속 풍경 같았다. 강물도 근원이 크지 않으면서도 맑고 푸른 물이 빙빙 돌아 흘러 마치 일부러 파서 만든 것 같았다. 명민한 인물은 많지만 질박하고 후덕한 자는 적으니 아마도 강산의 기운 때문인 듯하다.

첫 번째 글에서는 후지 산과 비와 호에 대한 일본인들의 미신을 반박하고 있고, 두 번째 글에서는 유학자의 입장에서 자연이 인간의 품성에 어떤 영향을 미치는지 설명하고 있다. 산세가 웅장하지 않고 강물의 근원이 크지 않기 때문에 후덕한 자가 적으며, 기이하고 아름다운 산과 아기자기한 강 때문에 명민한 인물이 많다는 견해가 재미있다. 모두 「문견잡록」의 기록이다.

일본의 관직 제도

천황이 관직을 만들 때에는 본래 정한 명칭이 있었으니, 조정에는 삼공(三公), 육관(六官), 백집사(百執事)가 있고 밖으로는 66주의 태수가 있어, 등급이 분명했고 높은 관직과 낮은 관직이 모두 구비되어 있었다. 그런데 관백이 나라를 다스리게 된 뒤로 따로 관직을 만들지 않고 천황이 제정한 관직과 품계를 빌려서 그 신하를 다스렸다. 관리를 임명하는 사람은 비록 관백이지만 그 임명장에는 반드시 천황의 인장을 찍고, 관직을 받은 신하 또한 천황에게 가서 그 은혜에 감사드린다. 이렇듯 형식적으로는 천황이 벼슬을 내리기 때문에 예전의 명칭을 그대로 쓰기는 하지만 실질적으로 관백이 직책을 내리기 때문에 실제 하는 일에 따라 일을 맡긴다. 아무 주(州)의 태수, 아무 부(部)의 관(官)이라는 것은 모두 천황이 내리는 관직이지만 아무 성주(城主)라 하는 것은 바로 관백이 임명한 것이다.

관백은 비록 한 나라의 군주라고 일컬어지지만 천황의 조정에 있을 때에는 정이위(正二位) 대장군(大將軍)의 반열에 들 뿐이고, 천황이 있는 교오토에서 정일위(正一位)와 종일위(從一位)의 품계는 반드시 대납언(大納言), 좌집정(左執政), 우집정(右執政)과 같은 이들이 맡는다. 그러므로 관백의 삼종실[1]이나 실무

---

1   삼종실(三宗室): 오와리(尾張)·미토(水戶)·기이(紀伊) 세 주는 대대로 도쿠가와

를 담당하는 집정(執政), 세습 신하들은 조산대부(朝散大夫) 혹은 정사위(正四位)나 종사위(從四位)의 품계인 중장(中將), 중납언(中納言), 소부두(掃部頭) 등의 관직을 받는 데 불과하니, 대납언 이상의 칭호가 없는 까닭은 천황의 권위를 범하지 않기 위해서이다.

관백이 여러 신하들로 하여금 읍을 관장하고 세금을 걷게 한 것은 군대를 다스리는 제도에서 나온 것으로, 관리들의 예의범절에 대한 규정은 만들지 않았다. 읍을 관장하는 자는 또 섭정(攝政), 봉행(奉行), 기실(記室)² 등 실무를 담당하는 신하를 두었다. 읍을 관장하는 신하의 녹봉이 60만 석이라고 한 것은, 관장하는 지역에서 1년 동안의 농지에 대한 세금으로 60만 석을 거두어들일 수 있기 때문이다. 병사 한 사람의 1년 봉급이 25석이니 100석이면 네 명의 병사를 양성할 수 있고, 1만 석이면 400명의 병사를, 10만 석이면 4천 명의 병사를 얻을 수 있다. 결국 넓은 땅을 가진 자는 세금으로 많은 수입을 올릴 수 있고, 세금으로 얻는 수입이 많은 자는 많은 병사를 거느릴 수 있는 것이다.

읍을 다스리는 관리 중에 자신의 봉급을 줄여 가며 군사를 양성하는 데 힘쓰는 자는 유능한 관리라 하여 상으로 토지를

(德川) 가문이 다스렸는데 이를 삼종실이라 한다. 쇼군에게 후사가 없으면 삼종실 중에서 한 명을 뽑아 쇼군으로 삼았다. 일본어로는 고산케(御三家)라고 불렸다.
2   기실(記室): 문서를 담당하는 관리.

더 받고, 자기 욕심을 채우는 데만 몰두하여 군사력을 위축되게 한 자는 무능한 관리라 하여 벌로 일정한 토지를 몰수당한다. 그러므로 관직에 있는 이들은 군사력을 기르는 데 힘쓰니, 그렇기 때문에 성과 읍을 맡은 자는 모두 무사이다. 반면에 문학과 학술에 대한 임무를 맡은 하야시 노부아쓰 같은 사람은 관중[3]과 제갈량을 겸한 재주를 가지고 있다 하더라도 한 치의 땅도 다스릴 수 없고 다만 의관(醫官)이나 승려들처럼 다달이 봉급을 받을 뿐이다.

통치자가 천황과 쇼군 두 사람이다 보니 신하들에게 내린 관직과 실제로 맡은 직책에도 차이가 생기게 된다. 명목상으로 천황이 내린 관직 명칭을 쓰기는 하지만 실제로 맡는 직책은 쇼군이 정하기 때문이다. 예를 들어 지방 어느 주(州)의 태수 관직을 가지고 있는 자가 실제로는 에도에서 근무하기도 한다. 쇼군 역시 실질적인 일본의 국왕이지만 관직 서열상으로는 천황을 보좌하는 대납언이나 집정보다 한 등급 아래이다. 또한 각 지방의 태수는 모두 무사이며 그들은 오로지 군사력을 기르는 데 힘썼다는 것이, 유학자가 주축이 되어 국정을 운영한 조선과는 사뭇 다르다는 것을 알 수 있다. 「문견잡록」의 기록이다.

---

3   관중(管仲) : 중국 춘추시대 제나라의 명재상으로 환공을 도와 부국강병을 이룩했다.

무력을 숭상하는 나라

일본의 군사 제도는 몹시 치밀하고 강고하다. 각 주의 태수는 모두 다 무관이며 거두는 세금은 다 군사를 육성하는 데 쓴다. 군사 한 명당 한 해의 급여는 쌀 25석이고 병역 이외의 다른 부담은 없다. 1년에 100석 이상의 녹봉을 받는 관리에게는 땅을 나누어 주어 그 땅에서 마음대로 세금을 거두어들이게 하니, 간혹 원래 정한 양을 지키지 않고 갖가지 방법으로 백성을 학대하고 토지를 몰수하며 세금을 거두어, 그것으로 군대를 양성하는 일도 있다. 이렇듯 태수들이 평민의 고혈을 남김없이 짜내니 그 백성은 군인이 되지 않고는 살 길이 없다. 그래서 백성들이 모두 온 힘을 다하여 태수의 부하가 되려 한다. 그러나 일단 군인이 되고 나면 자기 몸을 제 마음대로 하지 못하여 죽고 사는 것과 배고프고 배부른 것이 모두 태수의 손에 달려 있게 되고, 한번 겁쟁이라 소문이 나면 아무도 상대해 주지 않는다.

신분이 귀한 자는 아무리 변변치 못하더라도 다른 사람들이 그를 비웃지 못한다. 얼굴에 칼이나 창에 맞은 상처가 있으면 용감한 사나이라 하여 녹봉을 받고, 상처가 귀 뒤에 있으면 잘 도망치는 사람으로 몰려 배척받는다. 그 법령이 사람을 이처럼 가혹하게 몰아넣지만 입을 것과 먹을 것을 얻을 수 있는 길이 달리 없다. 그러니 그들이 생명을 가볍게 여기고 죽음을 두려워하지 않는 것은 의로움을 숭상해서 그런 것도 아니고, 또 타고난 성질이 그러하기 때문도 아니다. 사실은 자기 몸 하나 편안해지기 위해서 그렇게 하는 것일 뿐이다. 그러므로 군졸들은 평상시 복종하는 습성이 몸에 배어 전쟁터에 나가면 마치 이무기가 몸부림치고 멧돼지가 돌진하듯 사납고, 적병을 보면 등불을 보고 달려드는 나방과 수레바퀴를 막아서는 사마귀처럼 무모하게 달려든다. 그러니 장수가 아무리 노둔하더라도 군사들은 죽음을 두려워하지 않으며, 병졸이 나약하더라도 용감하게 전쟁터로 돌진한다. 이는 비록 오랑캐 종족의 습속이긴 하나 군사를 양성하는 좋은 방법이라 할 만하다. (…)

일본에는 네 종류의 백성이 있으니 무사, 농민, 공인(工人), 상인이 그것이고, 선비는 거기에 속하지 않는다. 이 중에서 무사가 가장 편하다. 상인은 비록 부유하지만 세금을 걷는 법이 매우 엄중하다. 공인은 아무리 기술을 가졌더라도 비싼 값을 받지 못한다. 농민이 가장 고되지만 1년에 한 번 세금을 바치는 것 외에는 다른 부담이 없다.

이들 네 가지 부류의 백성 이외에 따로 유학자, 승려, 의사가 있다. 의사는 사람을 살리는 공로가 있기 때문에 가장 높고 승려가 그다음이고 유학자가 가장 낮다. 이른바 유학자는 시문(詩文) 짓는 것을 배우지만, 과거 시험을 치러 관직에 나아갈 수 있는 길이 없다. 그러므로 명성을 얻어 각 주의 기실(記室)이 되면 수백 석의 녹을 받아먹으며 일생을 보내고, 그렇지 못하면 무사에게 의탁하거나 의사가 되어 생계를 유지한다. 역로(驛路)와 역참, 숙소에서 만난 사람들 중에 자신이 지은 글을 보내와 만나 주기를 요청한 자들이 있었는데 혹은 아무 지방의 의관(醫官)이라 하고 혹은 아무 성(城)의 무신(武臣)이라 했다. 그 글 중에 간간이 볼 만한 것이 있었으니 그 글을 지은 사람들은 대개 문사(文士) 출신으로 의관이 되거나 무신이 되어 벼슬하는 자들이었다.

각 주의 태수가 출입할 때 좌우의 호위병들은 흑우기(黑羽旗)와 홍전기(紅氈旗)를 들고 있는데 모두 끝이 뾰족한 창이었으며, 군사들은 조총(鳥銃)을 겨드랑이에 끼고 서서 유사시에 심지에 불을 붙여 총을 쏠 수 있게 준비했다. 봉행(奉行) 이하는 반드시 사람을 시켜 창과 깃발을 가지고 앞에서 인도하게 하였고 기실 등도 마찬가지였으니 그 의식이 모두 무사의 것이고 문사의 법도는 하나도 없었다. (…)

일본의 풍속은 본래 상하의 위계질서가 없어서 가옥, 가마, 말, 의복, 기물 등을 분수에 맞지 않게 써도 규제가 없다. 그러나 상하 관계가 한번 정해지면 위아래의 차별이 엄격하여 아랫사람이 윗사람을 공경하고 두렵게 여기며, 복종하는 것을 게을리하거나 소홀히 하지 않는다. 내가 길을 오가며 보니 태수와 봉행 이하 접대하는 신하들 가운데 어리석고 용렬하여 아무것도 모르는 자가 있어도 그 부하들은 감히 쳐다보지도 못하고 엎드려 기면서 시키는 일을 한 치도 어긋나지 않게 받들어 행했다. 아랫사람이 칼을 차고 문을 지킬 때에는 문 안에 꼿꼿하게 앉아서 밤새도록 한눈파는 일이 없고, 차를 끓여 올릴 때에는 화로 옆에 앉아 숯불을 피우는데 한시도 떠나지 않고 있다가 부르면 큰 소리로 대답하니 매질을 하지 않아도 일마다 잘 처리된다.

길가에서 통신사 행렬을 구경하는 사람들도 모두 길 밖에 앉았는데, 작은 사람이 앞에 서고 조금 큰 사람이 두 번째 줄에

서며 더 큰 사람은 그 뒤에 서 있었다. 질서정연하게 모여서는 엄숙한 분위기라 떠드는 사람도 없었다. 이러한 인파가 수천 리 길에 이르렀는데 단 한 명도 제멋대로 행동하여 행렬을 방해한 사람이 없었다. 이렇듯 인심과 습속이 모두 엄격히 통제된 군사 같았으니 예법과 교화로써 그리 된 것이 아니었다. 관백과 각 주 의 태수가 다스리는 법이 한결같이 군사 제도에서 나왔으므로 백성들이 보고 배운 것 역시 모두 군대의 법도와 같은 것이다.

일본의 군사 체제에 대한 신유한의 통찰을 보여 주는 글이다. 일본 군사가 용맹한 것은 생계를 위해 윗사람에게 복종하는 것이 체질화되었기 때문인바, 이는 본받을 만한 군사 양성법 이라고 하였다. 또 일본의 지배 계급은 무사이며, 문인은 가장 낮은 계급에 속하는데 이들마저도 군사 문화에 익숙해져 있다 고 하였다. 통신사 행렬을 구경하는 백성들의 질서정연한 모 습 이면에 군사 문화가 작동하고 있음을 말한 대목은 상당히 날카로운 지적이라 할 것이다. 가히 병영국가라고도 할 수 있 을 일본의 이러한 사회 분위기는 언뜻 효율적이고 질서정연하 게 보이기도 하지만 전체주의, 침략주의로 치달을 위험성 또 한 내포하고 있었다고 할 수 있을 것이다. 「문견잡록」의 기록 이다.

목숨을 가벼이 여기는 일본인

내가 아메노모리 호오슈우에게 물었다.

"예로부터 일본은 생명을 가벼이 여기는 풍속이 있어 사람들이 몹시 화가 나면 반드시 스스로 목을 찌르거나 배를 가르기 때문에 관청에서 형벌을 가하면서 심문하는 법이 없다고 하던데, 그 말이 정말입니까?"

호오슈우가 대답했다.

"살기를 좋아하고 죽기를 싫어하는 것이 인지상정인데 일본 사람이라 해서 어찌 그렇지 않겠습니까? 다만 사쓰마 주(薩摩州)의 풍속이 별나서 그곳 사람들은 곤란한 일을 당하면 곧바로 죽어 버립니다. 큰 죄를 범한 자를 관청에서 잡아 가두지 않고 그에게 '네 죄는 죽어 마땅하다. 집으로 가서 죽어라'라고 명령하면 그 사람은 수긍하고 집에 돌아가 조금도 어김없이 자살하니 관청에서도 그것을 믿어 의심치 않습니다. 일본 사람이 목숨을 가벼이 여긴다는 말은 실은 사쓰마 주 때문에 생긴 것입니다."

나는 또 물었다.

"그렇다면 이것은 중국 전국시대 연나라, 조나라 협객들의 풍속과 같은 것이군요. 그 가운데 혹 숭상할 만한 기개와 절개를 가진 사람이 있습니까?"

그는 이렇게 말했다.

"옛글에 '자기 한 몸을 희생하여 인(仁)을 이룬다'라는 말이 있고 '목숨을 버릴지언정 의로운 쪽을 선택한다'라는 말도 있습니다. 그런 일은 군자도 어렵게 여기는 바인데 사쓰마 주에서는 사람들마다 모두 그렇게 행동하니, 어찌 기개와 절개가 있다고 말할 수 있겠습니까? 그 지방의 풍속이 기괴한 것입니다."

호오슈우의 대답에는 유학자의 입장에서 무사의 기풍을 폄하하려는 의도가 엿보인다. 그러나 사쓰마 주뿐만이 아니라 에도 시대의 무사들은 대부분 '할복'을 명예로운 죽음이라 생각했고, 관청에 잡혀가 고문을 당하는 것보다 스스로 할복하는 것을 택할 만큼 무사로서의 명예를 중시하였다. '자기 한 몸을 희생하여 인(仁)을 이룬다'(殺身成仁)는 말은 『논어』(論語) 「위령공」(衛靈公)에, '목숨을 버릴지언정 의로운 쪽을 선택한다'(捨生取義)는 말은 『맹자』(孟子) 「고자」(告子)에 나온다. 「문견잡록」의 기록이다.

꿈같은 만남과 이별

측간 귀신이 사람을 미혹하는 듯한 글

구사바 나카노리(草場中章)라는 사람이 있는데 직접 만나지
는 못했지만, 수백 글자나 되는 편지와 함께 자신이 지은 시문
을 보내어 비평해 줄 것을 청했다. 그는 스스로 "일찍이 중국 남
경(南京) 출신의 맹씨(孟氏)라는 사람에게 글을 배워 중국 대가
의 문체를 얻었다"라고 하였는데, 글이 괴상하고 난해하여 무
슨 말인지 하나도 알 수 없었다. 천지, 일월, 산천, 초목 등 일상
적으로 쓰는 말조차 억지로 고대의 기이한 글자로 바꾸어 써서
사람들이 쉽게 읽을 수 없도록 하니 참으로 측간 귀신이 사람
을 미혹하는 격이다. 내가 그의 문장을 보고 미소를 띠니, 아메
노모리 호오슈우가 곁에서 물었다.

"그 사람은 이런 문장을 배운 데 대해 자신감이 넘쳐 스스
로 대단하다 생각하면서 일본에는 자신을 알아주는 이가 없다
고 말하는데, 공의 큰 안목으로 보시기에는 어떻습니까?"

"나의 안목이 본래 넓지 못하여 평생 이런 문장을 본 적이
없소이다."

이렇게 대답하고 나는 그의 스승이 어떤 사람인가 물었다.

"일전에 들은 바로는 중국 항주(杭州)에서 왔다는데 명나
라 말기의 일을 잘 알았고 오랫동안 나가사키에서 살았다고 합
니다. 지금은 죽은 지 꽤 되었습니다."

"그 사람의 문장은 어떻습니까?"

"나카노리가 괴이한 것을 좋아하는 버릇이 자기 스승보다

더 심합니다."

"그 스승이라는 친구는 참 괴로웠겠습니다. 살아서는 이반룡(李攀龍)과 왕세정(王世貞)에게 죄를 짓고, 힘들게 바다를 건너와서는 구사바 군의 평생을 망쳤으니 말입니다."

나는 그렇게 말한 뒤, 작은 종이에다가 답장을 썼다.

문집을 보여 주셨는데 사방을 둘러봐도 아득하기만 하여 어디서 유래한 것인지 알지 못하겠습니다. 바다와 같은 당신의 넓은 안목으로 강처럼 식견이 좁은 저에게 묻지 말아 주십시오. 그러나 문장에는 본래 오랑캐와 중화의 구별이 없는 법이니, 천하의 모든 사람들이 유교의 경전과 제자백가가 읽을 만하다고 알고 있지요.

아메노모리 호오슈우가 이것을 보고 말했다.
"참으로 정확한 말씀입니다."

에도 막부는 나가사키를 통해 중국의 남경, 영파(寧波), 복주(福州) 지역과 교역했다. 1644년 명나라가 멸망하자 많은 한족(漢族) 지식인들이 나가사키로 망명했으며, 이들은 일본의 한문학 발전에 큰 영향을 끼쳤다. 구사바 나카노리의 스승 역시 명나라 유민(流民)이었던 듯하다. 이반룡과 왕세정은 복고적인 문학론을 제창한 16세기 명나라의 문인들로 그들의 문학론은 중국에서는 물론 17~18세기에 조선과 일본에서도 크게 유행했다. 이들의 작품은 당대에 쓰이지 않는 고대의 글자와 어구를 사용하여 읽기 어려운 병폐가 더러 있었는데, 아마도 구사바 나카노리는 이방룡과 왕세정의 문학론을 무비판적으로 답습한 것으로 보인다. 8월 18일 아카마가세키에 머물 때의 일이다.

영특한 아이에게 지어 준 자와 호

오오사카에 머무는 5일 동안 매일 일본의 서생(書生) 10여 명과 저녁부터 밤까지 함께 시간을 보냈다. 동자에게 먹을 갈아 놓고 대기하게 하고 그들의 요구에 응해 글을 써 주느라 쉴 겨를이 없었다. 사람들이 와서 각기 성명과 자(字)와 호를 뒤죽박죽 써서 들이미는데 해괴한 것이 많았고, 그들이 지은 시도 치졸하여 읽을 만한 것이 못 되었다. 다만 자쿠스이(若水)와 난메이(南溟) 두 사람의 시는 그나마 조금 운치가 있었다.

14세 된 얼굴이 그림처럼 아름다운 동자 하나가 종이와 붓을 들고 앞으로 나와 필담을 하고 시를 주고받으며 순식간에 글을 써내려 갔다. 그 아이가 스스로 말하기를, 성은 미즈타리(水足)이고 이름은 야스카타(安方)인데, 집은 천 리 밖 호쿠리쿠도오(北陸道)에 있으며 아버지 헤이잔(屛山)과 함께 왔다고 했다. 사신의 숙소에 재주를 보이려고 온 것이다. 나는 아이의 머리를 쓰다듬으며 말했다.

"신동이군, 신동이야."

그러자 아버지가 몹시 기뻐하며 자와 호를 지어 달라고 부탁했다.

"수족(水足: 미즈타리)이라는 성이 『예기』(禮記)의 '하늘처럼 넓고 깊은 못처럼 차분하다'(溥博淵泉)라는 구절의 의미와 상응하니 호는 박천(博泉: 하쿠센)이라 하고, 안방(安方: 야스카타)에는 넓은 땅을 밟고 서 있는 상(象)이 있으니 자(字)는 사립

(斯立: 시리츠)이라고 하는 것이 좋겠습니다."

이렇게 말하고, 자와 호의 의미를 설명한 글을 별도로 지어 주니 아버지와 아들이 모두 머리를 조아리며 인사했다. 이때까지 단아한 동자들이 많이 찾아왔다. 난메이가 15세 되는 사촌 동생을 데리고 와서 절을 시켰는데 얼굴이 여자처럼 곱고 재주도 볼만했다. 나는 그들에게 일일이 시를 지어 주고, 격려하고 타이르는 글을 써서 간절한 뜻을 다했다. 그러자 여러 사람이 각기 글을 써서 나에게 보여 주며 이렇게 말했다.

"명나라 사람 장녕[1]이 귀국에 사신으로 갔을 때 글공부를 한 재주 있는 선비들 중에 그의 격려와 인정을 받아 유명해진 이들이 많다고 하던데, 학사께서는 지금의 장녕이라 하겠습니다."

미야케 쓰구아키(三宅緝明)는 센난 번(泉南藩)의 문학[2]으로, 관반(館伴)을 따라와서 먼저 수백 자 되는 글을 보여 주었는데, 필력이 뛰어나서 일본인 중에서 으뜸이라 할 만했다. 잠시 후 그는 앞으로 와 읍을 한 뒤 『평수집』(萍水集) 몇 권을 꺼내 보여 주면서 이렇게 말했다.

"제 할아버지와 아버지께서 시문을 잘 지어 벼슬을 하셨는데 을미년(1655) 이래 셋쓰 주에서 모두 네 번에 걸쳐 사신을 만

1 　장녕(張寧): 절강성(浙江省) 출신의 관리로 명나라 영종(英宗) 때 조선과 여진족이 분쟁을 벌이자 사신으로 파견되어 분쟁을 조정하였다.
2 　문학(文學): 번(藩)에서 문서와 관련된 업무를 담당하는 관리.

나셨습니다. 저도 다행히 글을 조금 알아 아우 시게타다(茂忠)
와 함께 신묘년(1711)의 사신 여러분께 후한 보살핌을 받았습
니다. 그때 주고받았던 시문을 하나도 빠뜨리지 않고 모아 엮어
『평수집』이라 하였는데, 지금 출간하여 후세에 전하려 하니 부
디 서문을 지어 주시기 바랍니다."

내가 보니 그 책 속에 옛 자취와 아름다운 일화가 많이 기
록되어 있기에 기꺼이 서문을 지어 주었다. 성몽량은 1682년에
제술관으로 일본에 왔던 큰아버지 성완³의 시문이 실려 있는
것을 보고 감개무량하여 발문(跋文)을 지어 주었다.

쓰구아키의 호가 소오메이(滄溟: 창명)라기에 나는 웃으며
말했다.

"그대가 호를 소오메이라고 한 것을 보니 이반룡의 시를 사
모해서 그런 것이 아닌지요?"⁴

쓰구아키는 곧 글을 써서 대답했다.

"이반룡이 어찌 사모할 만한 인물이겠습니까? 공께서 멀리
서 창명(滄溟: 넓은 바다)을 건너온 것을 사모한 것입니다."

임기응변으로 말을 잘하는 것이 이와 같았다. 내가 그에게
시를 지어 준 것이 꽤 많았는데도 그가 화답한 것은 한두 편도
되지 않으니, 아마도 겸손하여 자기 재주를 가벼이 내보이지 않

---

3 성완(成琬): 1639~1710. 자는 백규(伯圭), 호는 취허(翠虛). 시에 뛰어났으며,
   1682년 제술관으로 일본에 건너가 많은 일본 문인들과 교류하였다.
4 그대가 호를~것이 아닌지요: 명나라 문인 이반룡의 호도 창명(滄溟)이다.

으려는 듯했다.

그의 아우 시게타다는 호가 세키헤이(石屛)였는데, 편지를 보내와 다른 날 찾아뵙겠다고 했다. 사신을 접대하는 승려가 율시와 절구 여러 편을 가지고 나에게 화답해 주기를 청하였는데, 겟신 쇼오탄의 시풍과 비슷했다. 모두 화답해 주었다.

신유한이 맡은 제술관이라는 직책은 일본과의 문화 교류를 위한 직책으로 일본의 문사(文士)들을 상대하여 시문(詩文)을 짓는 것이 주된 임무이다. 18세기 초까지만 해도 일본은 중국과의 교류가 상대적으로 적어 한문학(漢文學) 수준이 그리 높지 않았다. 일본의 문인들은 통신사에게 인정을 받으면 명성을 얻을 수 있었기 때문에 끊임없이 통신사를 찾아와 시문을 요구하였다. 9월 4일 오오사카에 머물렀을 때의 일이다.

용맹하고 검소한 요시무네 장군

　도쿠가와 요시무네(德川吉宗)는 도쿠가와 이에노부[1]의 사위로 처음에 기슈우 번(紀州藩)의 태수가 되었다가 나중에 쇼군의 자리에 올랐다. 그는 도쿠가와 가문의 가까운 친척이었는데 일본의 풍속이 사촌 남매 사이의 결혼을 금하지 않기 때문에 이에노부의 사위가 된 것이다. 요시무네는 사람됨이 매섭고 뛰어났으며 명석했다. 지금 나이가 35세인데 기상이 높고 체격이 건장하며 국량 또한 넓다. 무예를 좋아하고 글은 싫어하며 검소함을 숭상하고 사치하는 것을 싫어했다. 그는 늘 이렇게 말했다고 한다.

　"일본 사람은 반드시 조선의 글을 사모한다. 하지만 풍속이 서로 달라 배운다고 해서 다 할 수 있는 것이 아니니, 차라리 스스로 일본의 글을 짓는 편이 더 낫다. 조선 사신이 왔을 때 군사와 병기를 진열하고 음악을 연주하는 의식이 있으나 이것도 무의미한 일이다. 군사는 우리가 수비하기 위한 것인데 저들이 우리의 군대를 보고 두려워한다면 우리가 환영하여 접대하는 뜻을 잃는 것이요, 저들이 보고 멸시한다면 이는 우리의 강한 세

1　도쿠가와 이에노부(德川家宣): 1662~1712. 에도 막부의 6대 쇼군. 쇼군이 되기 전 유학자 아라이 하쿠세키(新井白石)에게 주자학을 배웠으며, 즉위 후 하쿠세키를 등용하여 유학에 입각한 너그러운 정치를 폈다.

력을 과시하는 방법이 못 된다. 음악으로 말하자면 나라마다 풍속이 각기 다른 법이니 다른 나라의 음악이 어찌 저들의 귀를 기쁘게 할 수 있겠는가? 이웃 나라와 교류할 때 중요한 것은 진실한 마음이다. 저 먼 곳에서 온 사람들이 지체하여 머물게 하지 말고 기뻐하며 돌아갈 수 있게 힘쓰고, 형식적인 절차는 모두 없애도록 하라."

그는 정치를 하면서 반드시 후덕하고 질박한 것을 우선으로 하여 궁핍한 백성을 어루만지고 관청의 빚을 탕감해 주었다. 백성이 죽을죄를 범하면 사형시키는 대신 코를 베거나 발뒤꿈치를 베는 형벌로 감해 주니 백성들이 모두 칭송했다. 다만 그는 지나치게 용맹하고 힘이 세었기에 사냥을 즐기며 30근이나 되는 철봉을 가지고 걸어서 산을 오르는가 하면 때로는 매를 팔에 얹고 교외에 사냥을 다니기도 했다. 그러자 집정인 미나모토 다다유키(源忠之)와 대목부(大目付)인 고로베에(五郎兵衛) 두 사람이 간언했다.

"들에서 짐승을 좇다 보면 벼를 짓밟아 농민들에게 피해를 끼치고, 또 사복 차림으로 혼자 다니시면 뜻밖의 변이 있을까 염려됩니다."

요시무네가 기뻐하며 말했다.

"너희들 말이 참으로 일리가 있구나. 그러나 임금이 안일하면 나태해지고, 나태해지면 술에 빠지고 여색을 즐기게 되어 끝내는 절제할 수 없는 지경에까지 이르게 되는 법이다. 사냥을 하는 것은 백성과 함께 짐승을 몰아서 나의 근력을 단련하는 것이니 술을 즐기고 여색에 빠지는 것보다는 나을 것이다. 그리고 백성이 참으로 원망하여 나를 떠난다면 비록 열 겹으로 된 철관문 안에 있다 하더라도 화를 피할 수 없을 것이지만, 만일 백성들이 사랑하여 나를 떠받든다면 밤낮으로 밖에 있다 한들 그들이 나를 해치지 아니할 것이다. 이제부터는 다만 사냥하는 길을 단속하여 농사에 해를 끼치지 않도록 하라."

그리고 두 사람에게 금과 비단을 하사하여 충성스러운 간언을 표창했다.

하루는 비단옷을 입고 온 신하가 있었는데 요시무네가 그 옷값을 물어보고는 말했다.

"내가 입은 무명옷으로도 충분히 몸을 가릴 수 있다."

그 이후로 신하들은 감히 비단옷을 입지 못하였다고 한다.

전례(前例)에 의하면 관백이 새로 즉위하면 반드시 일본의 천황에게 조회하였는데 신유년(1681) 이후로는 조회하는 일이 없어졌다. 요시무네가 쇼군의 자리를 계승하고 나서도 조회의 예가 없었으며, 단지 사신을 교오토에 보내 백금과 비단 열 바리[2]를 바칠 뿐이었다.

도쿠가와 요시무네(1684 ~ 1751)는 에도 막부의 8대 쇼군으로, 즉위 후 막부 체제의 재건을 위해 '교오호오(享保)의 개혁'을 단행하였다. 제도를 혁신하고 인재 발굴에 힘썼으며 그 자

2　바리: 짐을 세는 단위. 말이나 소 한 마리의 등에 잔뜩 실은 만큼을 한 바리라 한다.

신도 몹시 검소한 생활을 하여, 훗날 막부 중흥의 쇼군이라는 평가를 받았다. 요시무네의 검소하고 소탈한 성격과 백성들을 위하는 합리적이고 너그러운 정치에 신유한은 크게 공감하였던 것 같다. 다만 요시무네의 공덕을 칭송하는 일화를 늘어놓다가 마지막에 천황에게 조회하지 않은 사실을 꼬집고 있는 점이 눈에 띈다. 쇼군은 원래 천황에게서 권한을 위임받아 정치를 행하는 대리인이었지만 에도 시대에 쇼군이 막강한 권한을 가지게 되면서 천황은 허수아비로 전락하고 만다. 신유한은 이러한 일본의 모순된 정치 구조를 정확하게 꿰뚫어 보고 있었던 것이다. 9월 27일의 기록이다.

관변 학자 하야시 가문

　태학(太學)의 수장인 하야시 노부아쓰(林信篤)가 그의 두 아들 노부미쓰(信充)와 노부토모(信智)를 데리고 와서 만나 보기를 청하므로 나와 세 서기가 모두 유학자의 복장을 하고 대청에 나갔다. 하야시 부자는 모두 삼우관(三隅冠)을 쓰고 흰 갓끈을 드리우고 옥색 도포를 입고 칼을 차고 있었다. 서로 마주 보고 두 번 읍하고 앉았다. 쓰시마의 봉행(奉行) 다이라 사네나가(平眞長)와 기실(記室)인 마쓰우라 기(松浦儀), 통역관 시게스케(茂助)가 함께 와서 서쪽을 보고 앉았다. 하야시 노부아쓰가 먼저 종이 한 장을 꺼내 필담을 시작했다.

　"4대의 조정을 섬기면서 조선의 통신사를 만난 것이 네 차례입니다. 올해 제 나이가 일흔 여섯입니다."

　긴 눈썹에 고풍스런 모습을 한 그는 자못 후덕한 어른의 풍도가 있었는데 필담을 나눈 내용이 모두 진중하고 품위가 있었다. 도쿠가와 이에쓰구(德川家綱)를 지칭할 때는 상헌묘(常憲廟)라 하였고, 도쿠가와 이에노부를 지칭할 때는 문소묘(文昭廟)라 하였다. 그의 조부는 하야시 라잔[1]이고 아버지는 하야시 조(林恕)인데 대대로 일본의 문학을 관장하였으므로 국가의 공문서

1　하야시 라잔(林羅山) : 1583~1657. 일본의 성리학자로, 일본 유학의 비조로 일컬어진다.

는 모두 그의 집안에서 나왔고, 그의 문하생이 된 뒤 추천을 받아 나라의 녹을 먹는 이가 수십 명이라 한다. 그러나 그의 문장과 글씨를 보니 졸박하여 모양도 제대로 이루지 못했다. 일본에서는 벼슬을 다 세습하므로 아무리 높은 재주와 깊은 학문을 가지고 있어도 하야시 노부아쓰를 대할 때 평상 아래에 엎드려 바라볼 수조차 없으니 가소로웠다.

노부아쓰는 호를 호오코오(鳳岡) 또는 세이우(整宇)라 하고 벼슬은 홍문학사 국자좨주[2]라 했다. 노부미쓰는 서른아홉 살로 호를 카이도오(快堂)라 하고, 노부토모는 서른세 살로 호를 타이세이(退省)라 하는데, 모두 경연(經筵)에 참여하는 관리라 자칭했다. 그들의 도장에는 한림원의 학사를 가리키는 '옥당'(玉堂), '금마'(金馬) 등의 글자가 새겨져 있었다.

일본에는 본래 '경연'이니 '국자좨주'니 '홍문학사'니 하는 관직이 없는데 노부아쓰와 노부미쓰는 단지 중국의 역사책에서 보거나 우리나라의 관직명에 대해 들은 것을 가지고 외람되이 스스로 떠벌리는 것이었다. 그러나 쇼군이 한문을 모르기 때문에 글을 짓거나 옛 문헌을 참고하여 정치에 관한 자문에 응하는 등의 일은 모두 이 하야시 가문의 부자가 담당했다. 또 막부의 역대 쇼군을 종묘에서 제사 지낼 때 그 절차가 어떻게 되는

---

2   홍문학사(弘文學士) 국자좨주(國子祭酒): '홍문학사'는 문서를 담당하는 홍문관의 관리, '국자좨주'는 국자감의 수장을 말한다. 하지만 일본에는 홍문관이나 국자감이 없었다.

지는 알 수가 없으나 그것도 모두 하야시 가문이 주관했다. 그러므로 녹봉이 후하고 신망이 두터워 온 나라의 유학자들이 이들을 하늘처럼 우러러 보았다.

나는 그들과 필담을 여러 장 주고받았는데 그들은 매양 입으로 할 말이 있을 때는 반드시 마쓰우라 기로 하여금 대신 통역에게 전하게 하고, 마쓰우라 역시 머리를 숙이며 말을 전했다.

"신묘년(1711)에 왔던 사신은 지금 무슨 관직에 있습니까?"

그렇게 묻고는 또 당시 제술관(製述官)이었던 이현(李礥)의 안부를 물었다. 이현이 작년에 세상을 떠났다고 했더니 놀라서 안색이 변했다. 해가 저물자 헤어졌다.

이튿날 아침에 또 와서는 세 부자가 각기 시를 지어 나와 세 서기에게 주었다. 이어서 삼사(정사·부사·종사관)를 만나 보기를 청하므로 내가 가서 여쭈었다. 정사, 부사 두 분이 그들을 한방에서 맞이하여, 서로 읍하고 앉아 필담을 조금 주고받은 다음 술자리를 마련하여 술을 돌렸다. 세 사람이 각기 그 동안 지은 시를 꺼내어 사신에게 바치고 화답해 주기를 청했다. 사신이 시를 받고 말했다.

"아직 국서를 전달하지 않아 사신의 임무를 완수하지 못했습니다. 임무를 완수하기 전에 한가로이 시를 짓는 것은 도리에 맞지 않는 듯하니 일을 모두 마치고 돌아갈 때에 화답해 드리겠습니다."

그러자 그들은 "예" 하고 물러갔다.

중국과 조선에서는 일찍부터 태학을 설치하여 유교적 교양을 갖춘 관리들을 양성하였으나, 무사가 통치했던 일본에는 사실상 이러한 제도가 없었다. 에도 시대에 유학이 본격적으로 도입되었으나 어디까지나 무사 계급이 정치를 좌우하였고, 유학자는 정치에 직접적으로 관여하지 못하고 외교 문제나 문서에 관련된 일을 담당하는 데 그쳤다. 신유한은 노부아쓰가 말한 홍문학사 국자좨주라는 벼슬이 허경이라는 것을 꿰뚫어 보고 일본 각지에 노부아쓰보다 뛰어난 인재들이 많다는 사실을 넌지시 꼬집고 있다. 유학자가 칼을 차고 있다는 점도 흥미롭다. 에도에 도착한 다음날인 9월 28일의 일이다.

일본의 유학자들

식사가 끝난 뒤 유학자 10여 명이 모여 있는 대청으로 가서 세 서기와 함께 그들을 응대했다. 서로 읍하고 앉자 좌중에서 각각 율시와 절구를 써 주면서 화답해 주기를 원하기에 모두 화답해 주었다. 이어서 번갈아 시를 짓고 차례로 화답하였는데 어떤 시는 장편이 되기도 했다. 여러 가지 체(體)로 시를 주고받은 것이 점점 많아져서 공문서 더미처럼 쌓여 갔다. 동자 김세만(金世萬)을 시켜 옆에 앉아 먹을 갈게 해도 미처 다 응대할 수 없었다. 모인 자들이 각기 하루에 서너 편씩 시를 지어 바치는 바람에 나는 홀로 버티면서 왼쪽으로 응대하고 오른쪽으로 답하며 여러 사람의 요청을 들어주다 보니 시의 초안을 잡거나 고심하여 고칠 겨를이 없는 것이 당연했다. 이튿날 또 수십 명이 몰려 와 시를 주고받은 것이 어젯밤만큼은 되었는데 밤이 되어서야 끝났다. 그들은 모두 가소로워서 말할 거리도 못 되었다. 그 사람들은 모두 하야시 노부아쓰의 문하생들로 에도의 관리라고 했다. (…)

이들은 모두 유학자인데도 머리에는 갓을 쓰지 않고 두 폭으로 갈라진 아롱진 옷과 바닥에 끌릴 정도로 긴 바지를 입고 칼을 차고 있었으며 앉을 때는 허리를 세우고 꼿꼿한 자세로 앉았다. 로슈우(鷺洲)와 가쿠테이(鶴汀) 두 사람은 용모가 준수하고 시도 다른 사람에 비해 약간 나았다. 앉은 자리가 나와 가까워 필담으로 마음속에 담아 두었던 말을 많이 나누었다.

오카지마 한(岡島璞)이라는 사람은 호를 엔시(援之)라 하였는데 장문의 글과 짧은 시로 자신의 생각을 토로했다. 내가 오와리 주를 지날 때 아사히나 겐슈우(朝比奈玄洲)가 이 사람에 대해 말한 것이 기억나 그의 시에 이렇게 화답했다.

겐슈우의 마음을 알겠으니
객관의 달 밝은 밤에 에도를 꿈꾸었지.[1]

그러고 나서 겐슈우에게 들은 말을 전하자 그는 깜짝 놀라 기뻐하며 말했다.
"겐슈우 공이 이렇게 깊이 생각해 줄 줄은 생각지도 못했습니다."
미나모토 마사요시(源方敬)란 사람은 호를 간코쿠(甘谷)라 하였는데, 시를 매우 빨리 짓기는 하였으나 볼만한 것은 없었다. 그러나 나와 나눈 이야기는 범상치 않았다. 나머지는 다 기록하지 못한다.
매일같이 숙소에 있었더니 숙소에서 근무하는 사람들 가운데 시를 지을 줄 아는 이들이 연이어 찾아와서 시와 필담을 주고받느라 쉴 틈이 없어 괴로웠다. 또 외부 사람 가운데에도 아

---

1 겐슈우의 마음을~에도를 꿈꾸었지: 겐슈우가 오와리 주의 객관에서 에도에 있는 오카지마를 그리워했다는 뜻이다. 신유한이 오와리 주를 방문했을 때 겐슈우가 에도에 사는 사람의 이름을 적어 주며 안부를 전해 달라고 한 적이 있는데, 그 사람이 바로 오카지마 한이었다.

메노모리 호오슈우와 두 승려에게 청탁하여 시문집의 서문이나, 그림에 붙이는 글이나, 초상화에 붙이는 글이나, 사물을 읊은 시를 받아가고 싶어하는 이들이 있었다. 이들도 내가 손수 글을 쓰고 도장을 찍어 주기를 원하였기 때문에 나는 이 일에 골몰하느라 쉴 겨를이 없었다.

하야시 노부토모가 한 폭의 그림을 가지고 와서 물었다.

"그림 속의 사람은 누구입니까?"

나는 술에 취하여 부축을 받아 나귀에 탄 모습을 가리키며 말했다.

"틀림없이 이백이외다."

그러자 그가 시 한 편을 써 달라고 하므로 나는 그림을 보고 다음과 같은 시를 써 주었다.

> 작은 아이가 걱정스레 부축하거늘
> 늙은 나귀가 길을 잘 알테지.
> 술 취한 눈에 강가 하늘 아득한데
> 산봉우리 서쪽으로 해가 지네.
> 兒短愁扶腋, 驢老識路蹊.
> 江天渺醉眼, 日落數峯西.

노부토모가 웃으며 고맙다는 인사를 하고 갔다.

쇼군의 주치의 하야시 료오이(林良意)는 호를 하쿠사이(伯齋)라 하였고, 그의 아들 시게키(重熙)는 호를 츄우안(沖菴)이라 하였는데, 모두 문학을 좋아했다. 이들은 비록 유학자들이 모인 자리에는 끼지 못하였지만 내가 시를 주고받고 글씨 써 주는 것을 보며 종일토록 곁에 있었는데 그 뜻이 자못 정성스러웠다. 가끔 시를 몇 편 지어 나에게 주기에 모두 화답해 주었다.

일본인들은 한문을 일본식으로 바꾸어 읽는 훈독(訓讀)에 익숙했기 때문에 한시를 잘 짓지 못했다. 그래서 일본의 유학자들은 통신사 일행과 만나 필담을 나누거나 시를 주고받는 것을 일생의 영광으로 생각하여 통신사가 머무는 곳에 끊임없이 찾아왔다. 통신사에게 인정받은 이들이 이를 계기로 벼슬에 등용되는 경우도 있었다. 이들을 상대하는 것이 제술관의 주된 임무였던 만큼 신유한은 밤낮으로 시를 짓고 필담을 나누어야 했다. 많은 사람들을 응대하느라 몹시 고된 가운데도 뛰어난 문인이나 학자를 만나게 되면 각별한 관심을 가지고 대했다. 10월 3일 에도에서의 일이다.

한문을 모르는 에도의 벼슬아치

사신을 접대하는 임무를 맡은 스루가 주(駿河州)의 태수(太守) 마키노 다다토키(牧野忠辰)는 벼슬이 높은데도 불구하고 글을 몰랐다. 그러면서도 글을 좋아하는 벽(癖)이 있어 매양 유생들이 시를 주고받고 할 때 대청 가운데 앉아 구경하며 즐거워했다. 하루는 내가 피곤하여 평상복을 입고 방 안에 누워 있었는데 갑자기 마키노가 홀로 찾아왔다. 내가 일어나 옷매무새를 바로 하고 그를 맞이하여 읍하고 앉자 그는 손을 내저어 말리면서 나더러 편한 대로 하고 번거롭게 그러지 말라는 뜻을 보였다. 그는 쓰시마에서 온 통역을 불러 나에게 다음과 같이 말했다.

"제가 어릴 적에 글을 배우다가 중간에 그만두었는데, 장성하여 관직에 매여 일이 많다 보니 마침내 배우지 못한 사람이 되고 말았습니다. 그러나 가슴속에는 여전히 글을 좋아하는 마음을 간직하고 있던 차에 요사이 학사께서 붓을 휘두르는 모습을 보고 몹시 흠모하는 마음이 생겼습니다. 그러나 사신을 접대하는 일이 너무 바빠 함께 이야기를 나누지 못했지요. 그래서 틈을 내어 한번 와 본 것입니다."

내가 종이 한 폭을 꺼내 사례하는 말을 몇 줄 써서 보여 주었더니 그는 그 글을 한참 동안 어루만지며 보다가 일어나서 나가며 이렇게 말했다.

"제가 마땅히 답글을 써 드리겠습니다."

이튿날 그의 시종이 과연 한 폭의 글을 나에게 주었는데 문장은 비록 부족했지만 뜻은 충분히 전달되었다. 글의 말미에는 이렇게 쓰여 있었다.

"나가오카(長岡)의 성주이며 스루가 주 태수인 마키노 다다토키는 머리를 조아려 두 번 절합니다."

짧지만 정감 있는 글이다. 에도 막부는 무사에 의해 유지되었기 때문에, 한문이나 유학에 대한 교양이 없는 사람도 관직에 오를 수 있었다. 마키노 다다토키가 바로 그 예이다. 하지만 그는 학문을 몹시 사랑하여, 태수라는 높은 직책에 있음에도 불구하고 일개 문사에 불과한 신유한을 몹시 깍듯하게 대했다. 신유한이 써 준 글을 한참 어루만지는 장면에서 학문을 소중히 여기는 마음과 글을 제대로 배우지 못해 안타까워하는 마음을 읽을 수 있다. 신유한을 흠모하는 마음에 부족한 실력임에도 정성껏 답장을 써서 주는 그의 태도가 몹시 진실하게 느껴진다. 10월 3일 에도에서의 일이다.

꿈같은 만남과 이별

사신을 접대하는 관리가 관백의 명으로 전별연을 베풀었다. 연회상의 차림과 거행한 의식은 이전과 같았다. 앞으로 돌아갈 날이 이틀 남았다. 태학의 수장인 하야시 부자와 쇼군의 주치의 부자가 모두 와서 작별 인사를 하고는 각각 다섯 색깔의 종이 두루마리를 선물하기에 나도 족제비 털로 만든 붓과 먹을 주어 답례했다.

이들 외에도 시와 글씨를 구하는 사람이 끊이지 않았다. 나는 과로로 병이 나서 사절하려 하였으나 어쩔 수 없이 억지로 응한 경우가 많았다. 가와구치 고오(河口皞)라는 사람은 호가 호오쇼(鳳嶼)인데 집이 긴류우 산(金龍山) 밑에 있어서 숙소와 가장 가까웠다. 나이 열일곱에 경전과 역사에 통달하였고 여러 가지 형식의 시문을 지었는데 매우 재주가 있었다. 매번 아메노모리 호오슈우의 소개로 찾아왔는데 사람됨이 온화하고 총명하며 묻고 배우기를 좋아했다. 그를 격려하며 그가 지은 시에 평을 하고 시를 몇 글자 고쳐 주었더니 "글자를 고쳐 주며 가르쳐 주신 은혜를 종신토록 잊기 어렵습니다"라며 간절한 감사의 마음을 표했다. 이때부터 그는 밤낮을 가리지 않고 와서 문안하였으며 이별을 앞둔 감회를 다음과 같이 글로 써서 보여 주었다.

"백 년 인생 가운데에서 오늘 만났다 헤어지는 것이 꿈과 같으니 이번 생에 어찌 다시 모실 날이 있겠습니까?"

나 또한 서글픈 마음이 들어, 밥 잘 먹고 건강히 지내라는 말로 그를 위로했다. 사람과 정이 든다는 것이 과연 "뽕나무 아래에서 사흘만 자도 뽕나무에 대한 애착이 생긴다"는 불경(佛經)의 가르침과 똑같다는 것을 새삼 깨달았다.

또 생각해 보니 경치가 빼어난 에도의 산천과 누각이 곳곳마다 그림처럼 펼쳐져 있는데도, 국법으로 금지하였기 때문에 흥이 나도 문 밖에 한번 나가 보지를 못했다. 반 달 동안 일정이 지체되었을 때에도 새처럼 재잘대는 일본인들의 요청에 지쳐 진부한 글이나 잔뜩 지었을 뿐, 끝내 가슴속에서 우러나온 한 편의 글로 한 폭의 아름다운 경치를 그려 내지 못하였으니 답답하여 탄식이 나왔다.

그러나 아름다운 바다와 산, 구름과 노을은 저들 나라 안에 있을 뿐이니, 여덟 필의 준마가 끄는 수레를 타고 곤륜산(崑崙山)의 요지(瑤池)에서 서왕모에게 술잔을 올렸다는 주나라 목왕(穆王)이 이곳에 온들[1] 그저 한 번 눈으로 보고 지나가는 수밖에 별 도리가 없을 것이다. 우리나라에서 여기까지 수로와 육로로 5,500여 리 되는 길을 오면서 눈으로 본 광경과 발자취는 전생에 진 빚 아닌 게 없었는데, 이제 또 별안간 꿈에서 잠깐 화서국[2]에 다녀온 것마냥 이 모든 것이 다 실제로는 존재하지 않는 곳처럼 여겨질 따름이다. 그토록 아름답던 광경도 결국 이렇

---

1 여덟 필의~이곳에 온들: 주나라 목왕(穆王)이 황하의 수원(水原)으로 가는 여행 도중에 황하를 다스리는 신의 안내로 천제의 딸인 서왕모(西王母)와 만나 시를 주고받았다는 전설이 전한다.
2 화서국(華胥國): 고대의 임금인 황제(黃帝)가 꿈속에서 봤다는 이상적인 나라.

게 허무하게 눈앞에서 사라지게 마련이니, 이 세상에 고정불변한 것은 없다는 부처의 가르침을 깨닫게 된다.

신유한은 에도에 오래 머물면서 많은 문인들과 교류했고 그중에는 충심으로 따르는 사람도 있어 저절로 정이 들었다. 한 젊은 문인과의 이별을 앞두고 신유한은 잠시 상념에 빠진다. 아름다운 경치를 마음껏 즐기지도 못하고 글로도 써 내지 못한 것에 대한 회한의 감정이 일었다. 일본에 와서 겪은 일들이 모두 꿈과 같다는 말에서 큰 여운이 느껴진다. 비록 심신은 지쳤지만 문인으로서의 감수성을 잃지 않는 신유한의 모습이 잘 나타나 있다. 에도를 떠나기 이틀 전인 10월 13일의 일이다.

고결한 처사 도리야마 시켄

도리야마 시켄(鳥山芝軒)의 문집 『지헌집』(芝軒集)을 읽어보
니 대체로 외롭고 쓸쓸하면서도 수사(修辭)가 치밀했다. 이것으
로 볼 때 그는 아마도 부귀했지만 오히려 가난하게 사는 데 마
음을 두었던 사람인 듯 느껴졌다. 내 생각에 일본에서는 결코
쉽게 만날 수 없는 경지의 시인인데도 일본인 중에 그의 이름을
아는 자가 없었다. 또 그의 글 가운데 신묘년(1711)에 조선 사신
이 오오사카에 들어오는 광경을 구경하고 쓴 작품이 있는데도,
제술관 이현 등 여러 사람과 서로 주고받은 시가 없었다. 생각건
대 그의 사람됨이 틀림없이 강직하고 고결하여 당대 사람들에
게 알려지기를 구하지 않았기 때문인 듯하다. 지난번 오오사카
에 도착하였을 때 그의 문집을 보고 훌륭하다고 여겨 에도에 가
지고 갔더니 그의 문하생 도다 호오히츠(戶田方弼)가 에도에 사
람을 보내 나에게 스승의 문집에 서문을 써 주기를 청했다. 그
편지에 도리야마 시켄의 행적에 대해서 다음과 같이 서술해 놓
았다.

스승님께서는 젊어서 시를 짓고 술 마시기를 좋아하여
도오젠 거사[1]라 호를 짓고 일생토록 높은 사람 집에는

---

1   도오젠(逃禪) 거사(居士): '도오젠'은 선(禪)으로 도피한다는 뜻이고, 거사(居士)

찾아가지 않았습니다. 교오토의 후시미 성(伏見城) 남쪽에 집을 짓고 살았는데, 1년이 지나자 집에서 다섯 색의 지초(芝草)가 났으므로, 상서로운 지초가 자라는 집이라는 뜻으로 당호(堂號)를 서지헌(瑞芝軒)이라 지었습니다. 세상을 떠날 때 제자들에게 원고를 맡기면서 이렇게 말씀하셨습니다.

"일본에는 나를 알아주는 이가 없구나. 문집을 간행하게 되더라도 나를 제대로 알아보지 못하는 사람에게 내 글을 보여 주어 비평하게 하지 말라."

스승의 말씀이 이와 같아서 감히 나라 안에서 서문을 구하지 아니하였는데 문집의 출판이 끝난 날 마침 통신사 행차가 이르렀습니다. 그러니 선생의 감상(鑑賞)을 얻어 스승의 글이 이 세상에서 사라지지 않게 할 수 있다면 다행이겠습니다.

수백 글자나 되는 긴 편지로 나에게 서문을 청하였는데 그 뜻이 매우 간절하였기에 나는 마침내 서문을 지어 보냈다. 그런데 지금 와서 보니 그 서문이 이미 판각이 되어 나와 있었다. 가와마 마사타네(河間正胤)와 다나카 노부타네(田中修胤) 등 여러 사람이 편지로 나에게 다음과 같이 감사의 말을 전했다.

는 출가하지 않고서 불교에 뜻을 둔 사람을 이르는 말이다. 부귀영화를 구하지 않겠다는 의지가 담긴 호이다.

"서문을 써 주신 덕택으로 천황께서도 문집을 보시게 되었으니 다행스럽고도 특별한 일입니다."

또 그의 여러 제자들이 잔치를 베풀고 경사스런 일을 기념하는 시를 지어 나에게 보여 주었다.

도리야마 시켄(1655~1715)은 17세기 후반에서 18세기 전반에 걸쳐 교오토에서 활동한 시인으로 당시(唐詩)에 능했다고 한다. 신유한은 일본 시인들의 수준이 대체로 낮다고 생각했지만 때로는 이처럼 숨은 인재를 만나기도 했다. 함부로 명성을 구하지 않은 시켄의 고고한 인품이 글에서 느껴졌던 듯, 신유한은 『지헌집』을 여행 중에 가지고 다니며 애독했다. 신유한이 서문을 써 준 일을 계기로 도리야마 시켄의 명성은 천황에게까지 알려지게 되었다. 11월 4일 조선으로 돌아가는 길에 오오사카에서 있었던 일이다.

대나무를 사랑하는 승려

사나운 바람이 조금 진정되었으므로 날이 밝는대로 정사와 부사가 모두 배에 올라 출발했다. 조수(潮水)가 밀려들어 배가 한 걸음도 나아가기 어려워, 저녁에야 우라사키(浦崎)에 도착하여 배 안에서 잤다.

아키 주(安藝州)에서 벼슬을 하는 아지키 릿켄(味木立軒)은 에도로 가는 길에 만나 친해진 사람이다. 그가 나더러 숙소에 들기를 청하기에 나는 밤에 여러 서기들과 함께 그곳에서 모였다. 릿켄이 반가운 얼굴로, 먼 길을 다녀온 우리의 노고를 위로하고는 큰 귤 한 광주리를 안주로 내오며 말했다.

"공께서 귤을 좋아하신다는 말을 듣고 저희 과수원에서 따왔습니다."

그러고는 한참 동안 이야기를 나누다가 각기 시를 지어 석별의 정을 표하였는데 그 뜻이 몹시 처연했다. 이생에서 언제 다시 만날 수 있을까 하며 다 같이 탄식했다. 릿켄은 태수의 부탁이라며 병풍으로 만들 큰 글씨를 써 달라고 청했다. 나는 글씨를 잘 쓰지 못하므로 사양했다. 대신 '농업을 장려하고 학문을 숭상하며, 형벌을 줄이고 세금을 가볍게 하라'(勸農崇學, 省刑薄斂)는 문구를 만들었고, 성몽량이 그것을 큰 글씨로 써 주었다. 그러자 그는 몹시 기뻐하며 말했다.

"권면하신 바는 태평성대를 이루는 기본이니 군자의 은혜로운 말씀입니다."

강한 바람 때문에 지체되어 떠나지 못한 것이 여러 날이라 침울하였는데 겟신 쇼오탄이 자주 사람을 보내어 인사를 했다. 나는 동자 김세만과 쓰시마 통역 한 사람을 데리고 저녁에 쇼오탄의 숙소에 갔다. 그랬더니 쇼오탄은 몹시 기뻐하며 읍하고 자리를 권했다. 그는 술과 귤, 국수와 다른 음식 몇 가지를 차려 내고 통역을 통해 말했다.

　　"여러 차례 주신 시와 편지를 보건대 학사께서는 불교의 교리에도 매우 조예가 깊으시니 학사의 글은 단지 문장만 훌륭한 것이 아닙니다."

　　나는 감사하며 말했다.

　　"저는 속세에 묻혀 있는 사람이라 몸과 생각이 모두 탁한데 다행히 장로께서 불교의 심오한 진리를 저에게 열어 보여 주셨으니 그 인연에 깊이 감사드립니다."

　　쇼오탄은 자신의 초상을 그린 족자 한 폭을 내어 보이며 말했다.

　　"여기에 제 거처인 가죽헌(可竹軒)의 경치가 갖추어져 있으니 한번 감상해 보시기 바랍니다."

　　그림을 보니 푸른 절벽 아래 암자가 있고, 그 안에 쇼오탄이 자줏빛 가사(袈裟)를 입고 가부좌를 틀고 앉아 있었다. 사방에 푸른 대숲이 빽빽하게 우거져서 서늘하고 깨끗한 느낌이 드니 속된 사람들이 거처하는 곳 같지 않았다. 나는 쇼오탄에게 말했다.

　　"저도 대나무를 몹시 좋아하여 밀양에 있는 옛집에 손수 백여 그루를 심었습니다. 대숲 밑에 있는 샘 이름을 청천(青泉)

이라 짓고 샘 밑에 있는 시내 이름을 녹미간(綠媚澗)이라 지었
으니, 모두 대나무에서 뜻을 취한 것입니다. 또「가을 대나무 노
래」(秋篁詞) 한 편을 지어서 대나무를 사랑하는 마음을 읊었는
데, 지금 일본에서 스님처럼 대나무를 사랑하는 이를 만나게 되
리라고는 생각지도 못했습니다."

쇼오탄은 기뻐하며 말했다.

"대나무를 좋아하신다니 그 귀한 말씀을 평생토록 잘 간직
하겠습니다. 초상화에 붙이는 글을 써 주시고 아울러 공의「가
을 대나무 노래」도 얻을 수 있다면 기념으로 삼아 잊지 않겠습
니다."

"초상화에 붙이는 글은 이미 교오토의 다이부쓰지(大佛寺)
에서 교쿠시(玉芝) 스님에게 말한 바 있으니 뒷날을 기다려 주
십시오."

이렇게 말하고 나는 우선 율시 한 편을 써 주었다.

이튿날 아침 쇼오탄이 고마움의 표시로 사람을 시켜 국수
와 여러 가지 음식을 보내 왔다.

겟신 쇼오탄은 통신사 접대를 위해 교오토에서 파견된 승려
로 사행 내내 통신사 일행과 함께했다. 신유한과는 불교에 관
한 담론을 나누기도 하고 시를 수창하기도 하는 등 가까이 지
냈다. 대나무를 좋아하는 공통점을 매개로 글과 시를 주고받
으며 서로 우정을 쌓아 가는 과정이 아취(雅趣) 있게 그려져 있
다. 청천(靑泉)은 푸른 샘이라는 뜻이고 녹미간(綠媚澗)도 역시

푸른 빛깔이 아름다운 시내라는 뜻으로 모두 대나무를 염두에 두고 지은 이름이다. 청천은 신유한의 호(號)이기도 하다. 11월 22일 조선으로 돌아가는 길에 다시 머물렀던 쓰시마에서의 일이다.

이별의 선물

승려 쇼오탄이 자신의 암자 이테이안(以酊庵)[1]에서 한번 만나기를 청해 왔다. 봉행더러 가마와 말을 준비하여 대기하게 했다가 저물녘에 세 서기와 함께 갔다. 숙소로부터 남쪽으로 5리 남짓 가서 이정암에 도착하니 아메노모리 호오슈우가 먼저 와서 방에 앉아 있었다. 들어가서 쇼오탄과 차례로 읍을 하고 앉았다. 이제 한번 이별하면 다시는 볼 수 없을 것이라는 석별의 대화를 나누었다. 피차간의 정이 깊어 서로 헤어질 수 없을 정도였다. 나는 그의 초상화에 붙이는 글을 지어 초상화에 직접 쓰고 아울러 「가을 대나무 노래」를 써서 지난날의 간곡한 청에 답했다. 또 붉고 푸른 무늬가 그려진 편지지, 부용향(芙蓉香), 유과 등을 쇼오탄에게 주고 복건 한 벌을 아메노모리 호오슈우에게 주니 그는 감사하며 말했다.

"벗이 서로 주고받는 선물은 옛 현인들도 귀중히 여겼던 바입니다. 삼가 열 겹으로 싸서 소중히 보관하여 훗날 공이 그리우면 공의 얼굴 대신 이걸 보겠습니다."

쇼오탄이 사람을 시켜 밥, 국수, 술, 과일, 떡 등을 들여오게

---

1   이테이안(以酊庵) : 임제종의 승려인 게이테쓰 겐소오(景轍玄蘇, 1537~1611)가 쓰시마에 개창한 절 이름. 이 절에서 조선과 주고받는 외교문서를 관장했다. 조선과 달리 일본은 무사 계급이 나라를 다스렸기 때문에 외교 문서의 작성은 한문을 구사할 줄 아는 막부의 유학자나 승려가 담당하였다.

했는데 모두 정갈하고 깔끔했다.

2경(밤 9시에서 11시 사이)까지 이야기를 나누다가 헤어졌다. 어두워 암자의 풍경을 자세히 볼 수는 없었지만 대체로 시가지와 조금 떨어져 있어 산이 높고 계곡이 깊었으며 소나무, 삼나무, 귤나무, 유자나무, 비파나무 따위가 길 양쪽에 우거져 있었다. 관아에서 쌀과 돈을 대 주어 승려가 네 명 있고 심부름꾼도 있으니, 승려 신분도 나름대로 즐거움이 있다.

이튿날 쇼오탄이 사람을 보내 고마움을 전하면서 간행된 서적 몇 권과 칠기 상자와 그림이 그려진 수건을 보내왔다. 그리고 따로 규우히아메(求肥飴) 한 바구니를 보내며 이렇게 말했다.

"공께서 모친을 생각하신다기에 단 음식으로 봉양하시라고 보내 드립니다."

규우히아메는 일본 과자로, 모양이 검은 엿 같은데 연하고 달며 깊은 맛이 있어 노인이 먹기에 적당하다. 내가 다시 편지를 써서 감사의 뜻을 표하자 선물을 가지고 온 두 사람도 눈물을 닦으며 돌아갔다.

쇼오탄의 암자를 방문하여 이별의 정을 나누는 장면이다. 쇼오탄은 통신사 일행을 수행하면서 8개월 가까이 함께 시간을 보냈는데, 신유한은 불교에도 깊은 관심을 가지고 있었으므로 승려인 쇼오탄과 가깝게 지냈다. 신유한이 노모를 극진히 생각한다는 것을 알고 과자를 보내온 쇼오탄의 정성이 잔잔한 감동을 준다. 조선으로 돌아오기 열흘 정도 전인 12월 26일 쓰시마에서의 일이다.

아메노모리 호오슈우의 눈물

아메노모리 호오슈우를 선창 가에서 만나 다시 이별의 인사를 했다. 필담을 하던 중에 내가 마침 다음과 같은 시구절을 썼다.

오늘 저녁 다정하게 나를 전송하니
이승에선 그대 다시 만날 길 없구려.

호오슈우가 이것을 보고 목이 메어 울며 말했다.
"저는 이제 늙어 다시는 통신사 여러분을 응접하는 일에 참여할 수 없을 것입니다. 조만간 죽어 섬에서 귀신이 되고 말 것이니, 더 이상 무엇을 바라겠습니까? 여러분께서는 귀국하셔서 조정에 등용되어 영예로운 명성을 떨치시기 바랍니다."
말을 마치자 눈물이 뺨을 타고 흘러내렸다.
"평소 그대를 보건대 무쇠 같은 마음을 지닌 줄 알았는데 지금은 어찌 아녀자처럼 눈물을 보이십니까?"
내가 그렇게 말하자, 호오슈우는 이렇게 대답했다.
"신묘년(1711)에 오셨던 분들과도 서로 깊이 정이 들었지만 이별할 때 오늘처럼 눈물을 흘리지는 않았습니다. 10년 사이에 귀밑털이 세어 버려 추한 늙은이가 되었나 봅니다. 옛사람들이 늙으면 정에 약해진다고 한 말이 아마 이런 것이겠지요."
내가 그 사람을 보건대 사람됨이 음험하고 사나워 원만하지 못하였고, 겉으로는 문인(文人)인 체하나 마음속에는 창과 칼을 품고 있었다. 만약 국가의 요직에 올라 권력을 잡았다면 반드시 우리나라에 해를 끼쳤을 인물이다. 그러나 국법에 매여 작은 섬의 기실(記室)에 불과하니 그렇게 살다가 늙어 죽게 된 것을 부끄러이 여기는 것이다. 이별하는 자리에서 눈물을 흘린 것도 자기 신세를 슬퍼한 것일 따름이다.

아메노모리 호오슈우(1668~1755)는 에도에서 주자학자인 기노시타 쥰안(木下順庵)에게 유학을 배웠고, 후에 쓰시마 번의 기실로 등용되어 통신사를 응대하는 일을 전담했다. 중국어와 조선어에 모두 능통하였으며 조선어 입문서인 『교린수지』(交隣須知)와 조선 외교에 관한 책인 『교린제성』(交隣提醒) 등을 저술하기도 했다. 전근대 일본에서는 계급과 신분에 따라 직업이나 관직이 대대로 세습되었기 때문에 아무리 뛰어난 능력을 지니고 있더라도 하급 관리로 일생을 마치는 경우가 많았다. 신유한은 호오슈우가 흘린 눈물도 석별의 정 때문이 아니라 이러한 개인적인 처지에서 기인한 울분 때문이라고 생각했다. 12월 28일 쓰시마에서의 일이다.

해설

1

오늘날 우리에게는 조금 생소한 이름이지만, 청천(靑泉) 신유한(申維翰, 1681~1752)은 18세기 전반기를 풍미한 문장가이자 시인으로 당대에 널리 알려졌던 인물이다. 특히 그가 일본에 다녀와서 지은 『해유록』은 그의 살아생전에는 물론 현대에 이르기까지 기행문학의 백미로 사람들의 칭송을 받았다.

신유한은 1681년 경상남도 밀양(密陽) 죽원리(竹院里)에서 태어났다. 그는 6세에 「이소」(離騷)를, 8세에 『시경』(詩經)과 『사기』(史記)를 읽을 정도로 재주가 뛰어났다.

신유한이 처음으로 문단에 이름을 알린 것은 1713년(숙종 39) 33세의 나이로 문과에 장원급제하면서부터였다. 그는 영남 출신 문인임에도 이후 30여 년간 서울에서 문명(文名)을 날리며 김창흡(金昌翕, 1653~1722), 남구명(南九明, 1661~1719), 최성대(崔成大, 1691~?), 정선(鄭敾, 1676~1759) 등 당대의 명사들과 교유하였다. 그러나 빼어난 재주에도 불구하고 서얼이라는 신분적 한계로 말미암아 미관말직을 전전해야만 했다. 인생의 전기가 된 통신사행(通信使行)에 참여하게 된 것도 서얼이라는 이유가 크게 작용했다. 통신사는 목숨을 걸고 바다를 건너야 하기에 사대부들은 기피했으며 대신 서얼 문사들이 참여하는 경우가 많았기 때문이다. 그러나 통신사로 일본에 다녀온 경험을 바탕으로 쓴 『해유록』으로 인해 그의 명성은 더욱 빛을 발하게 되었다.

신유한은 통신사행을 다녀온 후 무장(茂長) 현감, 연천(漣川) 현감, 평해(平海) 군수 등 지방관직을 전전하다가 70세 때 향리에 은거하였으며, 그로부터 2년 후 세상을 떠났다. 만년에는 최치원(崔致遠)을 존모하여 은거에 뜻을 두었고 불교에 심취했다고 전해진다. 빼어난 재주를 타고났지만 신분적인 한계로 인해 포부를 펼칠 수 없었던 데서 오는 절망감이 그를 불교로 이끌었던 것이 아닐까. 최치원을 존모한 것 역시 중국에서 명성을 떨쳤지만 신라에서는 뜻을 펼 수 없어 결국 은거를 택했던 최치원의 삶에서 자신의 모습을 발견했기 때문일 것이다.

신유한은 빼어난 시문을 많이 남겼으나 그중에서 정채를 발하는 것은 역시 『해유록』이라 할 수 있다. 『해유록』은 소재가 흥미롭고 일본에 관한 풍부한 인문지리 정보를 담고 있어서 당대는 물론 후대에도 널리 읽혔다. 특히 일본에 관심을 두거나 통신사행으로 일본에 간 이들에게 『해유록』은 필독서였으며, 통신사 일기나 견문록(見聞錄)에 늘 인용되었다. 이를테면 1763~1764년에 일본에 다녀온 성대중(成大中, 1732~1812)

의 경우 귀국 후 저술한 『일본록』(日本錄)이라는 책에 『해유록』을 초록한 「해유록초」(海游錄抄)를 싣고 있다. 이외에도 원중거(元重擧, 1719~1790), 이긍익(李肯翊, 1736~1806), 박지원(朴趾源, 1737~1805), 이덕무(李德懋, 1741~1793), 정약용(丁若鏞, 1762~1836), 이규경(李圭景, 1788~?) 등 조선 시대의 저명한 문인들과 학자들이 일본에 관한 정보를 얻기 위해 『해유록』을 참고하였다. 한편 근대 굴지의 국문학자인 김태준(金台俊, 1905~1949)은 『해유록』을 박지원의 『열하일기』(熱河日記)와 쌍벽을 이루는 기행문학이라 하며 그 문학성을 높이 평가하기도 하였다.

2

통신사(通信使)란 조선에서 일본과의 외교를 위해 정기적으로 파견했던 사절단을 말한다. 통신사는 조선 전기에 8차례, 조선 후기에 12차례 일본에 파견되었다. 임진왜란으로 국교가 단절되기도 했지만 통신사행은 곧 재개되었다. 조선은 통신사 교류를 통해 포로로 끌려간 백성을 송환해 오는 한편 장기적으로는 일본의 침략을 방비할 수 있다고 생각했고, 일본은 조선 통신사의 방문이 막부(幕府)의 위상을 높여 준다고 여겼기 때문이다. 일본은 막대한 비용을 들여 통신사 일행을 극진히 접대하면서 자국 내에서는 조선이 일본에 조공(朝貢)을 바치러 온 것이라 선전하였다.

통신사행에 참여한 인원은 사신(使臣)에서 하급 선원에 이르기까지 5백 명 가까이 되었으며 사행 기간도 짧게는 10개월, 길게는 1년에 이르렀다. 노정(路程)은 대체로 다음과 같다: 부산포(釜山浦)를 출발하여 쓰시마(對馬)에 머문 다음 아이노시마(藍島)를 거쳐 아카마가세키(赤間關: 지금의 시모노세키下關)를 지나 일본의 내해(內海)인 세토나이카이(瀬戸内海)로 들어간다. 세토나이카이를 항해하면서 가미노세키(上關), 가마가리(蒲刈), 도모노우라(鞆浦), 우시마도(牛窓), 무로쓰(室津), 효오고(兵庫) 등에 기착한 후 육로의 관문이라 할 수 있는 오오사카(大阪)에 도착한다. 오오사카에 정박한 배에 전체 사행단의 절반 정도가 남아 있고 나머지 인원이 에도(江戸: 지금의 도오쿄오東京)까지 가게 된다. 오오사카의 강을 거슬러 올라가서 교오토(京都), 나고야(名古屋), 오카자키(岡崎), 스루가(駿河), 에지리(江尻), 요시와라(吉原), 미시마(三島), 하코네(箱根), 시나가와(品川) 등을 거쳐 에도로 들어가는 것까지가 여정의 반이다. 귀로는 그 반대다. 해로와 육로를 모두 합해 4,600리에 이르는 대장정이었다.

통신사는 삼사(三使)라 불리는 정사(正使)·부사(副使)·종사관(從事官)이 일본에 보내는 국서(國書)를 받들고 사행단을 이끌었으며, 제술관(製述官)과 세 명의 서기(書記)가 일본 문사들과 직접 만나 시와 필담을 주고받는 등 문화 교류를 담당하였다. 제술관과 서기는 서얼 문사 가운데 재주가 빼어난 이가 맡는 것이 관례였다. 이 외에도 화원(畵員), 악공(樂工), 선장(船將) 등 다양한 계층의 인물이 사행단의 일원으로 참여하였다.

신유한은 39세 되던 기해년(1719)에 제술관의 직책을 맡아 통신사행에 참여하였다. 기해년 통신사는 도쿠가와 요시무네(德川吉宗, 1684~1751)가 에도 막부의 제8대 쇼군(將軍)이 된 것을 축하하기 위해 파견되었다. 이들은 1719년(숙종 45) 4월 11일에 출발하여 이듬해 1월 24일에 귀국하였다. 제술관은 일본 문인에게 시문을 써 주고 그들과 필담을 나누는 등 문화 교류를 담당하는 직책이다. 신유한은 일본 각지의 문인들을 만나 수천 편의 시를 써 주는 것으로 자신의 문학적 재능을 한껏 발휘할 수 있었다. 이 일로 인해 신유한은 일본에 명성이 높았다.

통신사의 일원이 일본에 다녀와 남긴 사행록(使行錄)은 현재 40여 종이 전한다. 이 가운데 『해유록』이 가장 빼어난 문학성을 갖추고 있다고 일컬어진다. 그것은 일본의 풍경과 문물에 대한 상세한 관찰과 치밀한 묘사, 일본의 문화와 관습에 대한 통찰, 역사와 지리에 대한 구체적인 정보, 인물의 형상화 등이 여타의 사행록에 비해 뛰어나기 때문이다.

3

외국을 여행할 때 가장 먼저 우리의 눈길을 붙잡는 것은 이국의 낯선 풍경이다. 신유한의 경우도 예외가 아니다. 그가 일본의 풍경을 접하고 머릿속에 떠올린 것은 바로 선계(仙界), 곧 신선이 사는 곳이었다.

산허리의 푸른 절벽이 바다 속으로 꽂혀 있어, 뭉게뭉게 피어난 구름이 파도 속으로 떨어질 듯했는데, 솔바람이 불어오자 마치 파도가 구름을 삼켰다 뱉는 듯했다. 신선이 산다는 십주(十洲)에 아름다운 곳이 얼마나 있는지 모르겠지만 지금 만약 마고(麻姑)와 영랑(永郞)이 손잡고 이곳에 온다면 걸음을 멈추고 경치를 바라보지 않을 수 있겠는가? 내가 인간 세상에 태어난 덕에 여기를 한 번 둘러볼 수 있었으니 행운이라 하겠다. 휘파람을 불며 길게 읊조리기를 한참 동안 하고 있는데 통역관이 이렇게 물었다.

"오늘 보신 경치가 어떻습니까?"

나는 대답했다.

"나는 지금 황홀하기 그지없어 내 몸 밖에 무엇이 있는지 모르겠군요. 여기서 백 년 동안 살면 겨드랑이에 날개가 돋아서 신선이 되어 하늘로 날아오를 것 같습니다."

— 「신선이 사는 섬 아이노시마」 중에서

쓰시마를 거쳐 일본 본토로 들어가기 전 잠시 머물렀던 아이노시마(藍島)의 풍경을 신유한은 선계에 비유하고 있다. 절벽에 부딪히는 파도가 연출하는 장관에 신선마저 걸음을 멈추고 넋을 잃고 바라볼 것이라 한 것이나 자신이 신선이 될 것만 같다고 한 말이 결코 과장처럼 들리지 않는다. 이국의 빼어난 풍경이 신유한의 문인적 감수성을 촉발시켜 이런 상상의 나래를 펼치게 만든 것이다. 이처럼 신유한은 일본의 아름답고 기이한 풍경을 빼어난 필치로 묘사하는 글을 많이 남겼다.

옛사람들은 바다 건너 동쪽 끝 해가 뜨는 곳에는 '부상'(扶桑)이라는 이름의 큰 나무가 있으며 신선이 그 열매를 먹는다고 생각하였다. 그래서 일본을 '부상국'(扶桑國)이라 부르기도 하였다. '일본'(日本)이라는 국명 역시 해가 뜨는 곳이라는 뜻이다. 신유한이 아이노시마의 절경을 보고 선계를 떠올린 것도 이와 무관하지 않다. '해가 뜨는 곳, 일본'이라는 제목으로 엮은 여러 편의 글 가운데 「후쿠젠지의 절경」, 「아름다운 항구도시 우시마도」, 「비와 호를 지나며」, 「백옥 같은 후지 산」은 통신사가 지나갔던 일본의 절과 항구, 호수, 산의 아름다운 자연경관을 묘사한 글로, 신유한의 세밀한 관찰과 섬세한 필치가 잘 드러나 있다.

그러나 신유한이 일본에 대해 낭만적인 환상만을 가지고 있었던 것은 아니다. 그는 일본 각지의 성곽이나 군함을 주의 깊게 살피며 일본의 군사력을 경계하는 냉철한 시선을 보여 주기도 한다. 일본의 성 쌓는 방식에 대해 설명하거나, 임진왜란 당시 끌려온 포로의 후손들이 사는 마을에 대한 이야기를 들으면서 임진왜란의 참상을 떠올리기도 하고(「포로 마을 진주도」), 아카마가세키가 군사적 요충지이기에 철저히 방비하고 있다는 사실을 간파하고, 항구에 줄지어 설치되어 있는 대포나 정박해 있는 군함이 언제든 전투에 임할 태세를 갖추어 놓은 것을 예리한 시선으로 기록하기도 하였다(「일본의 목구멍 아카마가세키」).

이국 여행에서 낯선 풍경과 더불어 주목하게 되는 것은 그 나라의 독특한 문화일 것이다. 신유한은 풍속, 음식, 의복, 주거, 음악, 공연 등 일본의 이질적인 문화를 예리한 눈으로 관찰하고 있으며, 때로는 드러난 현상의 이면에 감추어진 본질을 날카롭게 지적하기도 했다. 그 하나의 예로 일본의 성(性) 풍속을 그린 시가 눈길을 끈다. 일본에는 일찍부터 유곽이 성행하였는데 신유한 이전의 통신사 사행록에서는 일본의 유곽에 대해 한결같이 음란하고 외설적인 풍속이라 비난하며 언급하기조차 꺼려해 왔다. 그러나 신유한은 유곽에서 몸을 파는 기생의 목소리를 빌려 유곽의 풍경과 기생들의 애환을 사실적으로 노래한 시를 30수나 지었던바, 이 책에서는 그중 11수를 소개하였다. 다음은 그 일부이다.

님은 올라가서 자자 하지만
나는 욕실이 좋다 말하네.
향기로운 물에 목욕하고서
웃음 머금고 낭군과 얼싸안네.
—「오오사카의 기생을 노래한 시 제7수」

백 포기 국화 심어도
진짜 황국은 얻기 힘들죠.
날마다 새 님을 맞이하건만
그 누가 날 그립게 할까?
—「오오사카의 기생을 노래한 시 제5수」

첫 번째 시는 욕실에서 사랑을 나누는 남녀의 모습을 그렸다. 남성을 관능의 세계로 이끄는 화류계 여인의 요염한 모습이 떠오른다. 이런 대담한 표현과 사실적인 묘사는 조선 시대 문인의 시에서는 달리 찾아보기 힘들다는 점에서 문제적이라 할 수 있다. 두 번째 시는 진정한 사랑을 갈구하지만 결코 얻을 수 없는 기생의 슬픔을 국화에 비유하여 노래하고 있다. 돈에 사랑을 팔아야 하건만 마음속으로는 진정한 사랑을 원하는 기생의 고민이 절절하게 느껴진다. 그러나 유곽이 유흥과 사랑의 공간인 것만은 아니다.

> 사랑하니 훗날을 기약하자며
> 나더러 정조를 지키라 하네.
> 주인이 돈 받으러 올 텐데
> 그 돈을 어찌 마련하라고.
> ─「오오사카의 기생을 노래한 시 제6수」

자신을 사랑해 주는 남성을 만났지만 빚 때문에 유곽에 묶여 있을 수밖에 없는 가련한 여인의 처지를 그린 시이다. 유곽의 화려함 이면에는 이처럼 착취당하는 여인의 한숨과 비애가 존재함을 신유한은 놓치지 않고 있다.

이 연작시에서 신유한은 조선의 어떤 문인도 주목하지 않았던 일본 유곽의 화려한 풍경을 사실적으로 묘사하면서도 그 화려함 이면에 존재하는 폭력과 착취, 그리고 거기에 저항하지 못하고 희생당할 수밖에 없는 기생의 신산한 삶까지 포착해 내고 있다.

비슷한 맥락에서 무사들의 복식에 관한 다음 글 역시 주목
할 만하다.

긴 바지를 입었을 때에는 그 길이가 발을 지나 한 자 남
짓 더 나올 정도여서 땅에 질질 끌고 다녔다. 이들이 움
직일 때마다 슥슥 소리가 나고 자리에 앉으면 옷 때문에
어지러운데도 일본인들은 이렇게 하는 것이 상대방을 공
경하는 것이라 생각한다. (…) 그 법도를 보건대 일본인
들은 날래서 흉기로 사람을 찌르는 데 능하기 때문에 높
은 지위에 있는 자들이 무슨 변을 당할까 염려하여 신하
로 하여금 걸어다니기 불편하게 하고 몸을 자유롭게 움
직이지 못하게 하여 대면한 자리에서 감히 일을 저지르
지 못하게 한 것이다.

— 「반드시 무릎을 꿇고 앉는 이유」 중에서

일본 무사들의 공식 예복이 땅에 끌릴 정도로 긴 것을 신
유한은 예사롭게 보아 넘기지 않고, 항상 신변의 위협을 느끼며
살 수밖에 없는 무가(武家) 사회의 단면을 거기서 읽어 내고 있
다. 무력으로 유지되는 사회는 항상 불안과 긴장감에 차 있을
수밖에 없다. 이 밖에도 담배를 피우는 습관에서 일본인들의 세
밀한 성품을 읽어 내고 있는 「일본인의 기호품 차와 담배」, 문
짝이나 바닥의 규격이 모두 통일되어 교체하기에 편리함을 지적
한 「정교하고 청결한 집」, 일상용품을 보면서 일본인의 정교한

기술과 인위적인 미(美)를 좋아하는 성격을 읽어 낸 「아기자기한 생활용품」 등의 글에서, 신유한은 일본의 문화를 자세하게 서술하는 데 그치지 않고 표면적으로 드러난 현상의 이면까지 깊이 꿰뚫어 보고 있다.

이러한 신유한의 통찰력은 일본을 통해 조선을 반성적으로 성찰하는 데까지 이르고 있어 주목된다. 조선과 달리 일본의 관리는 민가에서 밥을 얻어먹지 않고, 고을 수령도 검소한 음식을 먹고 먼 길을 갈 때는 간소한 도시락을 싸 다니며, 입는 옷이나 신발 또한 검소하다는 점을 지적하면서 조선의 현실을 성찰하고 있다(「아기자기한 생활용품」). 또 음식이 간소하여 남기는 법이 없고, 문과 바닥의 규격이 정확하며, 집안이 청결하여 해충이 없다는 점을 지적하는 것에서 이용후생(利用厚生)에 대한 관심을 엿볼 수 있다(「일본의 음식 문화」, 「정교하고 청결한 집」). 기왕에는 별로 지적되지 않았지만, 일본이라는 타자(他者)를 통해 조선을 반성적으로 사유한다는 점에서 주목을 요한다. 본서에서는 이처럼 일본 문화에 대한 통찰과 성찰을 보여 주는 글을 '가깝고도 먼 나라'라는 제목 아래 묶어 보았다.

한편 신유한이 일본에 건너간 18세기 초는 일본의 상업경제가 눈부시게 발전하고 있던 시기였다. 당시 일본은 대외적으로 외국과 교통하지 않는 쇄국 정책을 표명했지만 사실은 서양의 네덜란드와 활발히 교역하고 있었고, 중국 강남 지역의 상인들이 나가사키(長崎)에 드나들었으며, 쓰시마를 통해 조선과도 교역하고 있었다. 무역을 통해 해외 여러 나라에서 들어온 물품은 에도·오오사카·교오토 등 대도시로 흘러들어 화려하고 사치스러운 문화를 만들어 내는 데 일조하였다.

일본인들이 배를 타고 와서 기다리고 있었는데 배의 만
듦새와 장식이 눈이 부실 정도로 사치스럽고 아름다웠
다. 배 위에 층층이 누각을 세우고 나무를 기와 모양으
로 조각하여 푸른 칠을 하였으며, 지붕 아래는 전체가
검은색이었는데 매끈하고 밝아 거울 같았다. 추녀와 난
간과 기둥에 황금을 입히고 창문과 천장도 금을 입혀
사람이 앉거나 누우면 의복이 금빛으로 빛났다. 붉은 비
단으로 장막을 만들어 사면을 두르고 장막의 귀퉁이마
다 길이가 네댓 자 되는 붉은 색의 큰 술을 달았는데 마
치 봉황의 꼬리 같았다. 난간 위에는 붉은 주렴을 쳤는
데 실처럼 가늘었으며 그 빛이 찬란했다. (…) 배의 뒷부
분에는 한 길 남짓한 오색의 알록달록한 끈으로 황금 방
울 두 개를 매달아 놓았는데, 방울 소리에 따라 배를 돌
리는 속도를 조절했다. 배의 한복판은 물에 잠겨 있었는
데 그곳도 금색을 칠해 금빛 물결이 일렁거렸다.
—「나니와 강의 황금 배」 중에서

오오사카에서 통신사 일행을 마중 나온 배를 묘사한 대목
이다. 황금으로 장식한 배는 일본의 상업경제가 빚어 낸 사치스
러운 문화의 한 극단을 보여 준다. 통신사 일행은 이것이 막부
의 쇼군이 타고 다니는 배라 생각하여 사양하는 해프닝을 벌이
기도 하였다. 신유한은 황금빛 배와 푸른 기와를 얹은 누각, 검

은 옻칠, 붉은 비단 장식, 오색 끈, 황금 방울 등 시각적인 요소를 총동원해 화려한 일본 배를 눈에 보일 듯 생생하게 묘사하고 있다. 본서에서는 이 밖에 일본 대도시의 화려한 정경을 그린 글들을 '나니와 강의 황금 배'라는 제목 아래 묶었다. 오오사카의 강을 가로지르는 수많은 다리와 인파를 묘사한 「무지개다리 사이로」, 오오사카의 번영상을 그린 「천하 으뜸의 도시 오오사카」, 오오사카의 출판 문화를 서술한 「오오사카에서 출간된 조선 서적들」, 홀로 거닌 교오토의 화려한 밤거리를 묘사한 「교오토의 밤거리를 거닐며」, 위압적으로 느껴진 에도 성을 묘사한 「바닷가에 우뚝 솟은 에도 성」 등의 글에서 신유한은 직접 목도한 일본 대도시의 번영상과 화려한 정경을 세밀한 필치로 마치 눈앞에 펼쳐 보이듯 묘사하였다.

통신사의 주된 임무는 국왕의 국서를 일본 측에 전달하는 것이다. 『해유록』에는 통신사가 외교 사절로서 공식적인 임무를 수행하는 과정에서 일어난 일들 또한 흥미롭게 서술되어 있다. 에도에서 국서를 전달하고 회답서를 받는 과정을 시간 순서에 따라 상세하게 서술한 글이 있는가 하면(「국서를 받들고」, 「관백의 회답서」), 쓰시마의 태수에게 절을 하고 시문을 지어 바쳐야 한다는 말에 임금의 명을 받고 온 신하가 일개 태수에게 절을 하는 것은 예법에 맞지 않다고 하며 목숨을 걸고 자신의 뜻을 관철시킨 일을 극적으로 그린 글도 있다(「한갓 고을 태수에게 절을 하라니」). 또 통신사 일행이, 임진왜란의 원흉인 도요토미 히데요시(豊臣秀吉, 1536~1598)를 배향한 절에서 연회를 받지 않겠다고 하여 실랑이를 벌이는 글도 긴장감 넘친다(「도요토미 히데요시의 절 다이부쓰지」). 이러한 기록들을 통해 당시 외교 의례를 놓고 통신사와 일본인들 사이에 첨예한 신경전이 벌어졌음을 간취할 수 있다. 또한 통신사가 단순히 선린과 우호의 상징으로만 파악될 수 없음을 알 수 있다. 「통역관의 인삼 밀무역」은 공적인 외교의 그늘에서 이루어졌던 밀매 사건을 다룬 글이다. 짧은 글이지만 일개 하급 통역관을 통해 지금 돈으로 수억 원 상당의 인삼 밀매가 이루어졌다는 사실을 알 수 있어 흥미롭다. 이처럼 외교 사절의 임무를 수행하는 중에 벌어진 흥미로운 사건을 서술한 글은 '국서를 받들고'라는 제목 아래 묶었다.

조선과 일본의 정치 체제는 근본적으로 다르다. 조선이 유학자가 나라를 다스리는 문치국가(文治國家)라면 일본은 무사(武士)가 권력을 가진 군사국가라 할 수 있다. 신유한은 일본이 무가 사회의 속성을 가지고 있음을 일찌감치 간파하고 그 군사제도에 주목하는 글을 쓰기도 하였다.

> 태수들이 평민의 고혈을 남김없이 짜내니 그 백성은 군인이 되지 않고는 살 길이 없다. 그래서 백성들이 모두 온 힘을 다하여 태수의 부하가 되려 한다. 그러나 일단 군인이 되고 나면 자기 몸을 제 마음대로 하지 못하여 죽고 사는 것과 배고프고 배부른 것이 모두 태수의 손에 달려 있게 되고, 한번 겁쟁이라 소문이 나면 아무도 상대해 주지 않는다. (…) 그들이 생명을 가볍게 여기고 죽음을 두려워하지 않는 것은 의로움을 숭상해서 그런

것도 아니고, 또 타고난 성질이 그러하기 때문도 아니다. 사실은 자기 몸 하나 편안해지기 위해서 그렇게 하는 것일 뿐이다. 그러므로 군졸들은 평상시 복종하는 습성이 몸에 배어 전쟁터에 나가면 마치 이무기가 몸부림치고 멧돼지가 돌진하듯 사납고, 적병을 보면 등불을 보고 달려드는 나방과 수레바퀴를 막아서는 사마귀처럼 무모하게 달려든다.

— 「무력을 숭상하는 나라」 중에서

일본의 군사력이 강한 이유는 그 병제(兵制) 때문임을 지적한 글이다. 무가 사회의 속성을 꿰뚫어 본 실로 예리한 지적이라 할 만하다. 신유한은 통신사 행렬을 구경하는 사람들이 엄숙하고 질서정연한 것이 일본의 군사 문화가 일상에까지 침투해 있기 때문이라 지적하기도 했다. 이처럼 외부의 힘에 의해 형성된 질서 의식은 유사시에 전체주의로 흐를 가능성이 상존한다. 근대에 일본이 자행한 만행을 생각해 볼 때 신유한의 통찰이 예사롭게 느껴지지 않는다. 이외에도 일본의 수도인 에도가 천혜의 군사도시임을 설명한 「천혜의 군사도시 에도」, 천황이 존재함에도 불구하고 쇼군이 모든 실권을 쥐고 있는 이원적인 정치 체제를 지적한 「허수아비 천황」과 「일본의 관직 제도」, 할복 문화에 대한 글인 「목숨을 가벼이 여기는 일본인」 등은 모두 무사가 다스리는 일본 사회의 특징을 예리하게 지적하고 있다. 본서에서는 이처럼 일본 사회에 대한 신유한의 통찰이 빛나는 글을 '무력을 숭상하는 나라'라는 제목 아래 묶었다.

신유한은 일본인과의 문화 교류를 담당하는 제술관이라는 직책을 맡고 있었기에 가는 곳마다 일본 문인들과 시를 수창하고 필담을 나누어야 했다. 그중에는 통신사에게 자기의 실력을 과시하거나, 통신사와 접촉했다는 명성을 얻기 위해서 온 문인들도 있는 반면에 진실한 마음으로 우정을 나누려는 이도 있었다. 다음은 짧은 기간이지만 시를 매개로 진심으로 소통했던 일본인에 대한 글이다.

가와구치 고오(河口嶹)라는 사람은 호가 호오쇼인데 집이 긴류우 산(金龍山) 밑에 있어서 숙소와 가장 가까웠다. 나이 열일곱에 경전과 역사에 통달하였고 여러 가지 형식의 시문을 지었는데 매우 재주가 있었다. 매번 아메노모리 호오슈우의 소개로 찾아왔는데 사람됨이 온화하고 총명하며 묻고 배우기를 좋아했다. 그를 격려하며 그가 지은 시에 평을 하고 시를 몇 글자 고쳐 주었더니 "글자를 고쳐 주며 가르쳐 주신 은혜를 종신토록 잊기 어렵습니다"라며 간절한 감사의 마음을 표했다. 이때부터 그는 밤낮을 가리지 않고 와서 문안하였으며 이별을 앞둔 감회를 다음과 같이 글로 써서 보여 주었다.
"백 년 인생 가운데에서 오늘 만났다 헤어지는 것이 꿈과 같으니 이번 생에 어찌 다시 모실 날이 있겠습니까?"
나 또한 서글픈 마음이 들어, 밥 잘 먹고 건강히 지내라는 말로 그를 위로했다. 사람과 정이 든다는 것이 과연 "뽕나무 아래에서 사흘만 자도 뽕나무에 대한 애착이

생긴다"는 불경(佛經)의 가르침과 똑같다는 것을 새삼
깨달았다.
　　—「꿈같은 만남과 이별」 중에서

　짧은 만남이었지만 진심을 다해 가르침을 구하러 온 젊은
문인에게 신유한은 깊은 정이 들었던 듯하다. 지금처럼 교통이
발달하지 않은 때라 귀국하고 나면 다시는 만날 일도 소식을 전
할 길도 없다. 신유한은 일본인이 쓴 글을 보고 아마도 이런 생
각이 들어 서글퍼졌을 터이다. 짤막한 글이지만 두 사람의 안타
까운 감정이 절실하게 형상화되어 있다. 이 밖에도 다양한 부
류의 일본인을 생생하게 형상화한 글들로 인해 『해유록』의 내
용이 더욱 풍부하고 다채롭게 느껴진다. 이러한 글들을 이 책에
서는 '꿈같은 만남과 이별'이라는 제목으로 묶었는데, 보잘것없
는 글 솜씨를 뽐내려는 일본 문인을 점잖게 물리치는 내용의 글
(「측간 귀신이 사람을 미혹하는 듯한 글」), 한문에 능숙하지 못
하지만 신유한이 써 준 글에 정성스레 답하는 태수의 진정성이
잘 나타나는 글(「한문을 모르는 에도의 벼슬아치」), 사행 내내
함께 시문을 주고받으며 우정을 나눈 승려와 이별하는 장면을
담은 글(「대나무를 사랑하는 승려」, 「이별의 선물」), 새로이 쇼
군의 자리에 오른 도쿠가와 요시무네의 사람됨을 잘 보여 주는
글(「용맹하고 검소한 요시무네 장군」), 쓰시마의 기실(記室) 아
메노모리 호오슈우와의 이별을 그린 글(「아메노모리 호오슈우
의 눈물」) 등이 대표적이다. 이들 글에서 신유한은 일화를 삽입
하거나 주고받은 시를 인용하거나 대화체를 구사함으로써 글에

현장감을 부여함과 동시에 인물의 개성을 뚜렷하게 부각시키고
있다. 자칫 무미건조하게 서술될 수도 있는 기행문이 이러한 서
술로 인해 다채롭고 흥미진진하게 읽힌다. 『해유록』이 시대를 초
월해서 훌륭한 문학작품으로 평가되는 것도 이와 무관하지 않
을 터이다.

4

『해유록』은 원래 신유한의 문집에 '해사동유록'(海槎東遊
錄)이라는 제목으로 실려 있지만 관습적으로 『해유록』이라 불
리기 때문에 본서에서도 『해유록』으로 통칭하였다. 『해유록』의
체재는 시간 순서에 따라 일기처럼 쓰여진 '일록'(日錄)과, 마지
막에 '문견잡록'(聞見雜錄)이라는 제목 아래 일본 사회의 특징
을 주제별로 재구성해 수록한 부분으로 나누어진다. 이 책에 실
린 글은 '일록'과 '문견잡록' 가운데 역자가 흥미롭다고 생각되
는 내용을 주제별로 가려 뽑은 것이다. 내용은 가능한 한 여정
에 따라 시간순으로 배열하려 했으나 주제별로 구성하다 보니
간혹 그렇지 못한 경우도 있다.

여정에 따라 기록된 『해유록』 전체를 통독하고 싶은 독자
는 성낙훈 선생이 번역한 『해유록』(『국역해행총재』 I·II, 민족문
화추진회, 1974)을 읽어 보기 바란다. 혹 한문투의 번역이 불편
하게 느껴지는 독자는 북한의 국문학자 김찬순 씨가 선역한 『해
유록—조선 선비 일본을 만나다』(보리출판사, 2006)의 유려한

우리말이 도움이 될 것이다. 강혜선 교수가 선역한 『해유록—조선 선비의 일본견문록』(이마고, 2003)은 자세한 해설이 있어 참고가 된다. 본 역서의 번역과 해설은 위의 책들에 두루 힘입었음을 밝혀 둔다.

5

우리는 일본이라고 하면 덮어놓고 분노의 감정을 느끼는 경우가 많다. 식민지배의 기억 때문일 것이다. 게다가 일본은 지금도 끊임없이 역사를 왜곡하고 기회만 있으면 식민지배를 정당화하고 있다. 그런데 이에 대한 우리의 대응은 다소 감정적인 것이 아닌가 생각된다. 민족 감정에 기대어 일시적으로 분노를 표출하는 데 그칠 뿐 차분하고 신중하게 대응하지 못하기 때문에 늘 일본의 의도에 휘말리고 마는 것은 아닐까. 『해유록』은 이러한 우리의 모습을 반추해 볼 수 있는 기회를 제공한다는 점에서 현재적인 의의를 가진다.

몇 가지 예를 들어 보자. 신유한이 일본에 갔던 1719년은 임진왜란으로부터 불과 1백여 년 밖에 지나지 않은 때였다. 따라서 당대 조선 문인들이 일본에 대해 가졌던 적개심 역시 오늘날과 크게 다르지 않았다. 대다수의 조선 문인들이 임진왜란을 떠올리며 일본을 야만적인 나라라고 얕보고 제대로 알려는 노력조차 하지 않았던 반면, 신유한은 일본에 대한 적개심에 매몰되지 않고 일본의 정세와 군사력을 용의주도하게 관찰, 기록하여 일본을 좀 더 깊이 이해할 수 있는 자료로 삼고자 했다. 이처럼 대상에 대해 '거리감'을 가지고 접근하려는 자세는 오늘날 우리가 일본을 대할 때에도 유의할 점이라 생각된다. '거리감'이 확보되었을 때 비로소 대상에 대한 합리적이고 냉철한 관찰과 평가가 가능하기 때문이다. 신유한이 일본의 성 풍속이나 생활 습관 등 이질적인 문화를 무조건 무시하거나 폄하하지 않고 사실대로 기록한 것이나, 무가 사회의 본질을 예리하게 통찰할 수 있었던 것 역시 이러한 '거리두기'에서 비롯되었다고 볼 수 있다.

한편 신유한은 일본의 침략이나 통신사에 대한 부당한 대우에 대해서는 분노의 목소리를 높이면서도, 진심으로 소통하고자 하는 일본 문인 개개인에 대해서는 사뭇 우호적인 태도를 보였다. 공적인 영역에 속하는 외교적 사안과 사적인 영역에 속하는 개인 간의 교류를 냉철하게 구분해서 생각하고 있는 것이다. 우리는 일본의 역사 왜곡이나 영토 문제에 대응할 때 종종 민족 감정에 치우쳐 일본 전체를 마치 우리의 적인 양 생각하곤 한다. 사실 일본 내에도 많은 양심적인 지식인과 시민들이 존재하며 이들과 서로 연대하는 일은 양국의 우호를 증진시킴에 대단히 중요함에도 불구하고 이를 소홀히 하고 있지는 않은지 생각해 볼 일이다. 그런 점에서 신유한이 공적 영역에 속하는 외교관 신분임에도 일본 문인 개개인과 우호적인 관계를 맺고자 노력한 점은 오늘날 우리가 눈여겨보아야 할 점이 아닌가 생각된다.

또한 『해유록』에는 제한적이기는 하지만 일본이라는 타자를 통해 조선을 성찰하려는 면모가 보인다. 신유한은 일본의 앞선 점은 그것대로 인정하고 그에 비추어 조선의 낙후된 점, 잘 못된 점을 지적하고 있다. 타국을 통해 자신을 반성하고 성찰하려는 자세는 오늘날 국가 간에 성숙한 관계를 만들어 가는 데 있어서 대단히 중요한 덕목이라 할 수 있다.

일본은 우리와 동일한 문화권에 속하면서 역사적으로 오랜 관계를 맺어 온 나라이다. 그런 점에서 일본은 우리에게 거울과 같은 존재라 할 수 있다. 일본을 깊이 이해함으로써 우리 자신에 대해 더 잘 이해할 수 있는 것이다.

『해유록』에 담겨 있는 일본에 대한 다채로운 정보를 통해 우리는 일본을 더욱 깊이 이해할 수 있고 나아가 우리 자신을 되돌아볼 수 있을 것이다. 일본이라는 타자를 통해 우리 자신을 성찰하고, 그것을 바탕으로 다시 일본과 우호적인 관계를 맺는 일은 궁극적으로 세계 여러 나라와 평화적인 관계를 맺는 초석이 될 수 있다는 점에서 소중하다. 아무쪼록 『해유록』이 과거의 흥미로운 이야깃거리로 읽히는 데 그치지 않고 오늘날 국가 간의 평화와 우호를 다시 생각하게 되는 계기가 되기를 희망한다.

신유한 연보

1681년(숙종 7), 1세   — 4월 15일, 지금의 경상남도 밀양(密陽) 죽원리(竹院里)에서 태어나다.

1698년(숙종 24), 18세   — 김정중(金鼎重)의 딸과 혼인하다.

1705년(숙종 31), 25세   — 진사시에 합격하다.

1707년(숙종 33), 27세   — 문과에 응시했으나 당시 재상(宰相)에게 미움을 받아 합격하지 못하다.

1711년(숙종 37), 31세   — 『가례비람』(家禮備覽)을 편찬하다.

1712년(숙종 38), 32세   — 장남 몽기(夢騏)가 태어나다. 서울에 갔다가 최성대(崔成大)와 시(詩)로 교유하다. 당시 사람들이 두 사람의 교유를 당(唐)나라 때의 원진(元稹)과 백거이(白居易)의 사귐에 비유하다.

1713년(숙종 39), 33세   — 문과에 장원으로 급제하다.

1714년(숙종 40), 34세   — 봄에 경상북도 고령(高靈) 양전리(量田里)로 거처를 옮기다. 서울과 호남(湖南)을 오가며 명사들과 교유하고 김창흡(金昌翕)과 교분을 맺다.

1716년(숙종 42), 36세   — 차남 몽준(夢駿)이 태어나다. 남구명(南九明)과 충청도 성환(成歡)을 유람하다.

1717년(숙종 43), 37세   — 비서저작랑(秘書著作郎)에 임명되다.

1719년(숙종 45), 39세   — 4월에 통신사(通信使) 제술관(製述官)이 되어 일본에 가다. 일본에서 100여 권의 중국 서적을 구입하다.

1720년(숙종 46), 40세   — 1월에 일본에서 돌아와 『해유록』(海游錄)을 저술하다. 승문원(承文院) 부정자(副正字)를 거쳐 성균관(成均館) 전적(典籍)이 되다. 국가 의례를 맡아 보는 태상시(太常寺)의 내력을 정리한 『태상시지』(太常寺志) 편찬에 착수하다.

1722년(경종 2), 42세   — 전라도 무장(茂長) 현감(縣監)이 되다.

1727년(영조 3), 47세   — 강원도 평해(平海) 군수(郡守)로 부임하다.

1728년(영조 4), 48세   — 이인좌(李麟佐)의 난이 일어나자 조령(鳥嶺)을 방어하다.

1739년(영조 15), 59세 － 연천(漣川) 현감으로 부임하다. 미수(眉叟) 허목(許穆)의
구택(舊宅)을 방문하고 경모하는 마음을 담아 「은거당
기」(恩居堂記)를 짓다.

1741년(영조 17), 61세 － 최성대의 시집인 『두기시집』(杜機詩集)에 서문을 쓰다.

1742년(영조 18), 62세 － 양천(陽川) 현감 정선(鄭敾) 등과 적벽강(赤壁江: 지금의
한탄강 상류)을 유람하다.

1744년(영조 20), 64세 － 봉상시(奉常寺) 첨정(僉正)이 되다.

1745년(영조 21), 65세 － 경상도 연일(延日) 현감으로 부임하다.

1747년(영조 23), 67세 － 일본에 가는 남태기(南泰耆)를 송별하는 「죽지사」(竹枝
詞)를 짓다.

1749년(영조 25), 69세 － 6월에 벼슬을 그만두고 고령으로 돌아가다.

1750년(영조 26), 70세 － 최치원(崔致遠)을 존경하는 뜻에서 가야초수(伽倻樵叟)
를 호로 삼고, 고령 고화동(高花洞)에 경운재(景雲齋)를
지어 은거하다. 『경학약설』(經學略說), 『역리조해』(易理粗
解), 『문장곤월』(文章袞鉞)을 짓다.

1752년(영조 28), 72세 － 6월 9일 경운재에서 운명하다. 10월 고령의 서쪽 좌랑봉
(佐郎峯)에 장사 지내다.

1770년(영조 46) － 경상도 관찰사 이미(李瀰)가 묘지명(墓誌銘)을 짓고 문집
을 간행하다.

1891년(고종 28) － 5세손 신상선(申相瀱)이 누락된 유고(遺稿)와 부록을 엮
어 속집(續集)을 간행하다.

1916년 － 조선고서간행회(朝鮮古書刊行會)에서 『해유록』이 수록
된 『해행총재』(海行摠載) 28책을 영인 간행하다.

찾아보기

240

肅廟四十四年戊戌正月日日本關白源吉宗新卽位

使對馬島太守平方誠遣使至東萊館吉新君續有

國請以舊事奉　信書修隣睦　朝廷許之　命戶

曹參議洪致中爲通信正使侍講院輔德黃璿爲副

兵曹正郎李明彥爲從事官　御書禮物及使行僚

伍技人役夫帶去之繫視壬戌年例是役也三使臣

各有軍官書記醫員兩別置製述官一員蓋自

宣廟朝通信時　國家有致祭日光山之典故有文

□賣兄宮一□□□兄柴義某廷□□□同十□云□

偶攜餘興往雙屐暮禽偕落日開明鏡歸雲疊翠散

崔坐從幽草密攀有古松佳故國秋天外碧茫散

客懷

古逕攀蘿上吟節與我偕鶴巢青橘樹人語白雲

崔　高秋曠遙帆落照佳何須秉樂去小坐滌

塵懷

初九日巳酉東風尚不改客思無聊雨炎東亦以淹滯

為悶有朝来又向船頭望猶是東風阻窇行之勾余

謂我國高城郡有三日浦為關東崇一名勝俗傳仙